穿越時空的36則古文之旅，
關於愛的選擇、
人生境遇與對世界的詰問

找一個解釋

凌性傑
吳岱穎
——著

目次

推薦序

從感覺出發

徐國能（作家）

我們常常譏笑現在的年輕學生是「草莓族」，意思大約是他們外表光鮮可人，但抗壓性極低，容易因為輕微的碰撞而損傷。不過據我觀察，現在的大學生，對於生涯發展的憂患意識似乎遠在我們當年之上，他們很早就在為「未來」準備，每天忙東忙西，檢定這個申請那個，當學生的那種快樂似乎是很淡薄的。不像我們當年做學生時就安安心心地做學生，終日嚮往的是楊牧在《葉珊散文集》裡的那種生活方式，實況大約就是徐志摩筆下「看天、聽鳥、讀書，倦了時到草綿綿處尋夢去」那樣。回想起來，當時的悠遊有著一個重要的背景，那就是文史科系的學生，縱使在社會上屬於百無一用的書生，但是最起碼可以到中學教教書，足以養活自己，有一個尊嚴且小康的開懷人生。學校是是我們的桃花源，可以適性而生的一塊夢土。

曾幾何時，「當老師」竟成為一種奢侈，即便搭上了這個已過分擁擠的班車，仍然有著不足為外人道也的辛酸。我過去認為當老師是極喜樂的，一開始的時候是知識、技術上之傳遞，每見學子日起有功，如苗之抽長茁壯、欣欣榮榮，想其日後蔚然成蔭，而自己也是那清涼的灌溉者其中之一，此生畢竟不虛，其樂足以浮一大白。為師之樂次在教學相長，學生無論賢愚，以其生命之經驗、生活之感觸回應師者所教，其中必有可思可悟之處，一時靈感泉湧，忽透天機，其樂正是捻花而笑的瞬間。為人師而最樂者，莫過於找到志業的傳人，雖說人生營營世間無異於螻蟻，苟求生活之安適滿足便堪稱成就，但我以為人人心中多少還有一分理想的執著，或許還存一絲淑世的盼望，但限於生命，那卻總是每個人的未竟之渡，倘若有一修養和能力皆堪信任的後生承傳了那理想的薪火，為人類文化保留了一點質量，其樂便是孟子所說「王天下而不與焉」的至樂了。

不過在我的觀察中，現下大多數為人師表者往往未蒙其樂，先受其苦。日日須早起，言行必端莊，太嚴足至謗，過鬆則不安，外有行政工作之摧逼，內有週記考卷之折磨，勞神傷心，鬱怒傷肝，永無富貴榮華之日，常有案牘勞形之時。不過，這些都是其次，學生對教師悉心所授嗤之以鼻，或以欺騙的方式利用了教師的善良而遂其不堪之目的；乃至於行為失當，以至社會對其師有未盡職責之物議，都是對教師嚴重的傷害。最悲哀者，乃是見一門可貴學問日漸凋零而無能為力，一種純粹品格為時代所棄而回天乏術，孤燈寒夜，前不見古人，後不見來者，頓生天喪斯文之嘆，不免悲夫悲夫！

回顧我的生涯，真要感謝那些勤於付出而不計回報的老師。近年來雖然世風日下，但仍有不少朋友懷抱著理想投入這個行業。現在的學生早慧，家長的教育程度也普遍提高，學生與家長對班級該怎麼經營和書該怎麼教都有自己的見解，同時面對多元社會的多元價值，老師一方面要傳達某種「正確」，但亦須尊重與包容那些另類或非主流的思想言行，其中分寸的拿捏，真是需要智慧與用心。同時現下的教育政策搖擺不定，考試題目刁鑽靈活，為了學生的成績，做老師的更須煞費苦心地與時俱變，將學生訓練成能征慣戰的考場英雄。在這種環境下，那些寫在教育學課本裡的崇高理念，頓時顯得陳義過高、不切實際。大家見面聊起，都是不免感嘆「書是愈來愈難教了」。

當老師本來就很困難，張愛玲就曾經說過，那難處在於「又要做人，又要做戲」。

在我的朋友中，有幾位在中學任教是極為成功的，所謂成功，並不是得到了什麼「優良教師」的獎狀，而是我曾聽見表現卓越的大學生，很自豪地說某某是我的高中國文老師，而我也知道在升學主義掛帥的今日，他們並不是那麼在意學生在升學考試中國文科的分數有多高，而是努力讓學生懂得文學、真心愛上文學，從此人生便比別人有了多一些的風景，因此他們並非得到學生的喜愛，而是得到學生的尊敬；他們從不弘揚自我，而是傳遞文化。近來我漸漸體會他們成功的祕訣，那就是「真誠做人絕不做戲」，我認為他們以實踐，將教育工作推向了一種新的高度。

吳岱穎和凌性傑一直是我們師大國文系引以為傲的絕代雙驕，他們的成績是那樣的好，教學是那樣的投入，以才子、真儒而為良師，無怨無悔地將才情化作灌溉青秧的春雨，同時永遠那樣謙和地保持進步。

在他們之前，師大出身的散文名家有：顏崑陽、龔鵬程、劉墉、鍾怡雯等，詩人有席慕蓉、羅任玲、陳義芝、陳黎、陳大為等，另外羅位育與陳煒都是極有名氣的作家兼高中老師。岱穎和性傑先後從師大畢業，繼承了光榮的傳統，他們是深情而精緻詩人，是從容與深刻的散文家，也是以學問和才氣，將「國文老師」這個角色詮釋得非常圓滿的高中老師。印象中，國文老師總有點食古不化且自命清高，用嚴肅的面容隱藏空虛脆弱的心，還記得夏宇的詩是這麼寫的：

住在小鎮
當國文老師
有一個辦公桌
道德式微的校園
用毛筆批改作文：
「時代的巨輪
不停的轉動……」（一生）

詩中曲盡「國文老師」的老朽之悲。不過岱穎和性傑卻永遠充滿了理想與活力，永遠走在時代的前面。對「教師」一職的認知，岱穎借用了大江健三郎的話說：

所謂的老師……並不是一個知道怎麼去教未知者的人，而是可以把學生心中的某種問題，重新再創造出來弄清楚，以此為工作的人。……

《孩子為什麼要上學》

「把學生心中的某種問題，重新再創造出來弄清楚」絕非易事，但也是教育中，最可貴的部份，尤其是中學的文學教育，除了語文的訓練外，一篇作品在學生心中所形成的朦朧風景或稀薄的意象，其實是通往美與藝術的走廊，也是藉以窺探人生的幽窗。但很可惜的是，許多中學的文學課程，或許礙於時間，或許因為考試的壓力，一篇作品的解讀往往側重於主旨大意或語文常識及修辭技巧等，那些因為文字或情感所形成的點點滴滴，似乎是被刻意遺忘的房間，永遠塵封。

在我的學習生涯中，國文課並不能激發對文學的興趣，因為一篇篇優美的作品，最後都變成了考卷上的關隘，成長中的絆馬索，我相信大多數的人很難在國文課上找到文學的美麗與哀愁。因此雖然經歷了中學六年的國文課，但一般人並很難從一首詩中找到寧靜，也無法在一篇小說裡產生想法而照見真理，也因此我們的社會對於文學，總是流露出不解、淡漠、輕忽、譏嘲或敵對等不友好的態度；這使得我們的社會總是對淺薄煽情的議題特別感興趣，對什麼事情都只有一時激情而缺乏更多的深思與感動。

《找一個解釋》是深深震撼我的作品，岱穎和性傑將高中課本裡，學生視為畏途的古文作品，用現代的眼光重新詮釋，可以說是用自己的生活與情感對古文作箋疏；也可以說是將古代經典，拿來當作自我生命的注腳。那不僅是一種將古文賦予血肉生命的教材教法，我認為其中更具有一種暗示：那些歷經了重重時光，偃臥在國文課本裡的作品，其實背後都有一個更巨大的存在，都有一些更值得追索的情懷，那才是文學的目的，也才是老師的價值。

回首我高中二年四班的教室，那時我也曾在讀完〈桃花源記〉後，隱約感到某種惆悵；也曾在假日走過繁華的西門町而深深覺得寂寞；也曾在夜行的校車上感到千言萬語抑塞胸口……但是，這一切並沒有「被重新創造出來弄清楚」，原來在我們的教育中，「感覺」是被刻意忽略與簡化的東西，這讓所有的人日漸粗礪，終至茫茫於大千。《找一個解釋》的可貴之處便是在這裡，他透過課文，鼓勵學生面對自己的感覺，追索生命裡零落卻華麗的每一個片段，那些如潮如浪難以把握的生活碎片，其實是完整人生所不能遺落的，且惟有文學藝術能捕捉它們、編織它們，讓這些「感覺」永遠成為我們心底對生命的答案。今日許多人奢談寫作的教學，然而對一切的「感」與「覺」不正是創作的根源嗎？性傑與岱穎對待這些課文的態度，也揭櫫了寫作的原則。在他們的閱讀世界裡，「古文」不再是鐵板一塊，而是等待你彈奏的黑鍵與白鍵，性傑與岱穎用敏銳的心來探索讀書寫作的方法，以燦爛的筆觸寫下國文教學的可能。這讓我相信，只有藝術才能致敬藝術，文學才能解釋文學。

我深深欽佩他們對教學的真誠與對文學的熱情，不然不會有這麼讓人感動的作品，而且裡面的句子與段落往往是那麼的睿智與灑脱：

流水十年，恍若一瞬。如今我無法想像自己的晚景，也無法想像我們究竟要面對怎樣的世界？戰爭與疾疫最容易改變我們的日常生活，也最容易扭曲好不容易累積的文明與教養。

（凌性傑〈多麼美好的世界〉：讀〈大同與小康〉）

窗外一片昏昏，似有即將落雨的跡象。聽說芒種的雨水是豐收的預兆。這時稻子已經抽穗結實，成為種子。穀粒上會長出細芒，所以才把這個節氣叫做芒種。如果可以，我希望在秋天與你見面，知道你終將擁有一季的豐收。

（凌性傑〈給一個解釋〉：讀〈勸學〉）

如果真有所謂的終點，那必然是在夢裡，而不是眼可觸手可及腳步可以勘履的某個地方。

（吳岱穎〈桃花源頭一座山〉：讀〈桃花源記〉）

雨幕轉為疏淡，山谷中雲霧逐漸退卻，巷子裡傳來車輪壓過積水柔軟的聲響，引擎聲繞過角落遠遠的去了。或許我該出去走走，或許，該坐下來，好好地寫一首詩。

（吳岱穎〈悶〉：讀〈始得西山宴遊記〉）

每一句話都美得孟浪，雅得嬋娟——那正是國文課上應該教而一直未曾教的。「德不孤，必有鄰」，有時這麼講不免流於陳腔，但作為一個難免時感孤寂的國文老師，的確在《找一個解釋》這本書中，為許多殘夜的孤燈、許多掩卷的長嘆，找到了馨香一瓣的答案。

敬謹為序。

徐國能，二〇〇八年六月於臺北

推薦序

時間之鏡

陳雋弘（高雄女中教師）

讀到吳岱穎與凌性傑的《找一個解釋》，第一個想法是：怎麼還會有人如此純情，要向自己與世界討一個解釋呢？

關於這個世界，關於我們自己，從來都不是缺乏解釋的。相反的，無論是在書本或者生活中，反而充滿了各式各樣的格言語錄、規則訓誡，累積而成百科全書式的諄諄教誨，要我們奉為圭臬、遵照依循。但最後我們卻發現，這些凜然的啟示與回答，都成了無關痛癢的老生常談。會不會原來我們找了半天，反而迷失在大量的解釋之中？會不會根本沒有解釋，因為我們從未出發。

吳岱穎與凌性傑兩位高中老師，在現代生活當中，讀〈醉翁亭記〉裡酒後的心聲、讀〈赤壁賦〉裡的月亮代表我的心、讀〈岳陽樓記〉裡偽造的旅行、讀〈指喻〉裡的世界病時、讀〈病梅館記〉裡的人才養成遊戲、讀〈項脊軒志〉裡所有事物的房間……，在詮釋這些經典古文的同時，其實也把現代生活的景況重新翻譯了出來。也許我們必須先好好對待自己的生活、理解自己的時代，才能領悟文章中的字字句句、領悟另一個生命。

我不曉得什麼原因，讓他們不僅沒有前中年期感傷竟然還再一次闖入了青春期。在那已日漸褪色至蒼白的古老語言世界，重新與千百年前飄盪的靈魂對話，進而找尋彼此的意義與關係。也許生命原本就該是青春期，持續潛伏著躁動與不滿，永遠不知道自己是誰，永遠在問我來自哪裡、又要往何處去？歐陽脩、蘇軾、屈原、王安石、司馬光、劉義慶、李白、柳宗元、陶淵明、方孝孺、黃宗羲……這一個個名字都何嘗不是固著於青春期的生命呢？他們有困惑與期待、也曾獻身與被棄，他們用長長的一生，純情地為自己「找一個解釋」。也許找到了，也許沒有，但我們都會被這樣的心情打動，因我們也曾飄盪、不安、依迴、愛戀、充滿勇氣，反覆去肯定又否定……

集結在此的是吳岱穎與凌性傑兩位老師的各種日常生活情態，穿插百千年前許多精彩的生命記憶，交織成一片斑斕的光影。這些美麗的靈魂，承載著文字而來，透過兩位作者的眼睛與呼吸，重新看著我們。而當我們與之對視，便形成了一面時間之鏡，意義或許就在其中吧。

試著了解——《找一個解釋》新版前言

凌性傑

為什麼要讀古文？這樣的問題對我來說，似乎從來不需要解釋。在文字世界裡，不管是古代經典或現當代文學，我都有一份直覺式的喜歡，毫無道理可言。日常生活飲食，口味各有偏嗜。特別鍾愛某一類精神糧食，或許跟天性特質有關。要跟別人說明為何喜歡一件事物，是相當尷尬的事。然而原本以為不證自明的，在某些時刻卻要費力解釋。

二〇〇〇年進入高中校園任教，經歷了數次劇烈的教育體制變革。高中國文課程怎麼教、教什麼，這個領域的同行早有太多精彩的辯論與見解。二十世紀初五四運動的文言白話之爭，文學改良的意見，一百多年後仍然有人在意。對此，我一直欠缺現實功利的想像，也沒什麼能力去證明國文學科有用。每天使用語言文字，習慣成自然，那便是「用」。用久了，產生情感依戀，向文學尋求慰藉，就已經是相當愉快的事。

我不曾虛妄地假設，讀古文可以解決現代生活所有問題。畢竟，讀《孫子兵法》不會發明出更高明的戰爭武器，讀〈出師表〉無法直接應用於商戰與企業經營，讀〈師說〉無法對應當前升學制度的問題……。古代社會形態，遠不如這個時代複雜。古人有古人的生活課題，我們有我們的例行功課。要拿《夢溪筆談》來增進現代人的科學素養，拿一百多年前的臺灣鐵路古文來設想現代交通營運，很有可能成為一種偽素養。透過閱讀古典，理解時空環境的差異，涉入前人的生活軌跡，這不啻情感與思想的遠旅。

我覺得自己幸運，從國中時期就開始親近古典。每天多讀一兩首詩，多記下幾個經典名句，讓我可以暫時抽離現實，讓自己的心變得廣大。我因此知道，除了此時此地此身，還有一個更遠、更神祕的時空情境。明白曾經有過那樣的人，過著那樣的人生，他們與我即便有千年之遙，仍然可以產生連結、對話。理解古文的時候，我怎麼看待這些文字，恰好也是自我理解的過程。

透過另一個時空的文獻，重新認識自己、理解他人、與這個世界相互依存，很難說這不是件幸福的事。

時空的隔閡越是遼闊，越是可以完成一趟壯麗的行旅。

二〇〇六年開始，跟吳岱穎老師約定合寫古文詮釋的專欄。說是古文詮釋，毋寧更接近個人教學生涯的散文創作，只是內容與古文有關。開始這系列書寫的時候，我還在花蓮高中任教。後來轉任建中，才成為岱穎的同事。二〇〇八年八月，專欄結集出版，名為《找一個解釋》。十五年光陰飄然消逝，而這本書保存了往日心情，以及彌足珍貴的友誼。此書舊版十年合約到期之後便告終止，原本與岱穎商量重寫部分篇章，並且增添一些新的內容。然而岱穎已經遠遊，我只能用一篇長長的後記來懷念他。

如今《找一個解釋》有了嶄新版本，其中不變的，是試著了解的心情。因為試著了解，自己的存在比較不會陷入孤絕。因為試著了解，我所看見的世界是一片豁然坦蕩的世界。有用也好，無用也罷，希望這本《找一個解釋》仍然是個美樂地。思想的屐痕、情感的線索、心靈遊憩的紀錄，盡在其中了。

多麼美好的世界
——讀〈大同與小康〉

記得在不斷奔馳的列車車廂中，我們談到這個世界，也談到很久很遠的未來。這小小的移動空間，最容易令人傷感，因為在其中有忽忽的奔逝、微微的希望。親愛的D，我突然察覺你年輕的聲音裡有過多的憂患。記得我們是那樣說的嗎？如果世界願意讓我們快樂一點，我們應該就會快樂一點的。社會要有秩序，文明需得進展，我們只能亦步亦趨的向前不是嗎？

往古來今，在島上，或是其他地方，各樣的牢籠始終會困住一些人。一代人有一代人的苦處難關，年紀相隔十餘歲，我們看著彼此奮力面對這個年紀必須面對的一切，同情而能共感，這便令人珍惜。因而我們渴望一個美好的世界，心中鬱壘有以銷卸的理想國度。所有的渴望祈求，不都來自於對現實生活的無奈與灰心？從前讀批判理論，思想家認為人之所以（自我）異化實乃大眾文化工業的殘害所致。馬克斯的信徒不也以創造美麗新世界為務，意欲摧毀讓人變成鬼的資本主義體系？活在體制之中，我則以為，陋劣的體制才是讓我們活得人不像人的可怕怪物。透過體制，權力得以細緻地展布、施為，控制於是無所不在。政令與律法輕易的改變我們的生活，權力者往往任性的決定了我們的快樂不快樂。

然而不快樂啊，我們就是不快樂。親愛的D，我多麼想讓你看見我所經歷的美好時代。跟侯孝賢一樣，我心中亦有屬於自己的，「最好的時光」。那時的我，正是你這樣的年紀。島上經濟起飛了，股市破萬點。我的母親憑著一攤小吃，可以養活全家六口人。那時的教育部不會屢出奇招，要我們把台灣地圖躺著看，也不會任意的把制度改了又改。每年寒暑假，我們歡喜的參加教育部文藝營，免費的文學養成教育。我們盡情享用國家資源，一天三餐外加早午茶與消夜，快樂是無須擔憂未來，快樂是知道自己怎樣都可以安身立命。

流水十年，恍若一瞬。如今我無法想像自己的晚景，也無法想像我們究竟要面對怎樣的世界？戰爭與疾疫最容易改變我們的日常生活，也最容易扭曲好不容易累積的文明與教養。那天我聽著你說未來，心中小小的心願。誠然，我們有自由決斷的權力，可是我們的生活模式往往又是被這個體制決定的。親愛的D你說你好累，升學的路上由不得自己，我說想太多的人要受苦了。問題是，我們不得不想那麼多。想著想著，幾乎就是途窮而哭的那個人了。那就撐著點，你說。我暗自慶幸，我們尚有這撐著點的勇氣與理想。我們不是快樂的讀過《論語》嗎？孔子要學生說說自己的志向，曾點希望：「浴乎沂，風乎舞雩，詠而歸。」在暮春三月春服已成的時候，走向天地，簡單的洗浴、乘涼，體觸生活的安穩定靜。那樣活著，便十分美好。

天地同和，萬物各安其所，孰能不樂？王安憶〈烏托邦詩篇〉裡頭說：「一個人在一個島上，也是可以胸懷世界的。」「我只知道，在一個人的心裡，應當懷有一個對世界的願望，是對世界的願望。」我們當下能做的，就是走向生活，真誠的面對一切而已。面對，並且選擇。選擇我們可以選擇的。

在生活的角落，我喜歡清晨醒來，享用早餐、啜飲咖啡之際，對著落地窗外的藍色大洋發呆。客廳裡反覆播放路易斯阿姆斯壯，What a wonderful world！這個世界的美好，越發可以想像。他是這樣唱的，「看見樹的翠綠和玫瑰的紅艷，它們為你我綻放。我心中想著，多麼美好的世界啊！我看到了藍天白雲，明亮、幸福的一天。夜晚向人們道晚安，我心中想著，多麼美好的世界啊！……我聽著嬰兒哭泣，看著他們長大。他們學習著許多我從不知道的事物。我心中想著，多麼美好的世界啊！」

那是一個多麼美好的世界！《禮記・禮運》中記載，子游問道老師為什麼嘆氣，孔子不禁感嘆自己未能趕得上那大道通行、天下為公的時代。他提了這樣的願望，一個對世界的願望：「選賢與能，講信修睦，故人不獨親其親，不獨子其子，使老有所終，壯有所用，幼有所長，矜寡孤獨廢疾者皆有所養。男有分，女有歸。貨惡其棄於地也，不必藏於己；力惡其不出於身也，不必為己。是故謀閉而不興，盜竊亂賊而不作，故外戶而不閉，是謂大同。」我隱約看見，人性的輝光，多麼的溫暖。個人與集體，懷有對一美好世界的理想。我也願意相信：我欲仁，斯仁至矣。只是我不相信，權力在無情的政客手中，生活在制度的刀俎之上，我們可以保有多少人性的美好。

我們又嘆了氣，輕易想起陳黎的詩句，「這世界教我們希望，也教我們失望；／我們的生命是僅有的一張薄紙，／寫滿白霜與塵土，嘆息與陰影。」朱天文《荒人手記》裡一再提及幸福的時刻，對美好秩序的追念肇因於它已然消逝。在不可逆的時間裡，我們理應大踏步向前，繼續保有熱情與希望。親愛的D，我們始終相信能夠愛是件好事。不只愛自己，也能愛他人，更愛這個世界萬事萬物運行不休歇。每個人知道自己應當去哪裡，年老的能夠安養餘生，青壯年的才能得以發展，兒童們健康快樂的成長。如果有一天，我們的世界溫厚和諧，有詩歌有音樂，沒有偷盜與搶劫……

我們任意看著草色青青，萬物欣有託。這樣，世界就多麼美好。

延伸閱讀

王安憶，〈烏托邦詩篇〉，收錄於《冷土》，印刻。

朱天文，《荒人手記》，新經典文化。

愛因斯坦，〈我心目中理想的世界〉，收錄於《人類存在的目的》。

機關算盡
——讀〈燭之武退秦師〉

晉侯秦伯圍鄭，以其無禮於晉，且貳於楚也。晉軍函陵，秦軍氾南。佚之狐言於鄭伯曰：「國危矣！若使燭之武見秦君，師必退。」公從之。辭曰：「臣之壯也，猶不如人。今老矣，無能為也已。」公曰：「吾不能早用子，今急而求子，是寡人之過也。然鄭亡，子亦有不利焉。」

——《左傳．燭之武退秦師》

這是燭之武作選擇的時刻，在險惡的政治環境裡掙扎求生，是得有些自保之道。然而他心知肚明，無論此時作了什麼決定，國家的命運恐怕也無法改變了。故事很長，我們得從頭說起。

西元前六三六年，秦穆公護送晉公子重耳回國即位為文公，並且將女兒文嬴嫁給他。這是秦穆公東進中原計畫的第一步，打算藉著婚約來控制晉國，影響晉國內政，擴張秦國在中原地區的勢力，以達成稱霸天下的野心。只是晉文公並非甘心受人指使的傀儡，而是飽經歷練，智慮深沉的花甲老人。出奔在外的十九年間，早見慣大風大浪，春秋國情了然於胸。在楚之時，便與楚成王約避三舍，對於天下共主之位自有所圖，此刻即位為國君，正是大展身手之時。之後的城濮之戰、踐土之盟，顯示晉文公霸主的地位已然確立，對於秦穆公東進中原造成了嚴重的威脅，兩國的關係雖仍維持巧妙的平衡，但情勢卻日漸緊張。

俗話說「有仇不報非君子」，晉文公既然身握大權，那些曾在流亡生涯中侮辱過他的國家自然成了報復的對象。當初公子重耳流亡至鄭國時，鄭文公並不禮遇，有人甚至這麼勸文公：

鄭叔瞻諫其君曰：「晉公子賢，而其從者皆國相，且又同姓。鄭之出自厲王，而晉之出自武王。」鄭君曰：「諸侯亡公子過此者眾，安可盡禮？」叔瞻曰：「君不禮，不如殺之，且後為國患。」鄭君不聽。

——《史記・晉世家》

加上城濮之戰中幫助楚國這件事，鄭國遂成為晉文公下一個目標。西元前六三〇年，晉國發兵圍鄭，這次來的不僅只有晉國的軍隊，連遠在西方的秦國也一併派兵前來，兩大霸主強兵壓境，鄭國可說是面臨空前的危機。楚國剛吃了大敗仗，暫時得休養生息，難以相助，眼看著國家就要整個覆滅了，鄭文公怎能不急得跳腳？於是在大夫佚之狐的介紹下，這一段的主角燭之武終於心不甘情不願的登場了。

根據馮夢龍《東周列國志》的記載，燭之武當年作的是「圉正」，乃是類似於孫悟空「弼馬溫」一類的小官。此說大概只是揣測而來，小說家者言，實不可信，但燭之武不受重用是可以確定的，否則也不會說出「臣之壯也，猶不如人」這樣自暴自棄又意含諷刺的話。然而面對鄭文公以國家大義相脅，再怎麼不情願，還是得勉力一試，否則亡國之罪名，一世人都難洗刷得清。

後來事情的發展我們都清楚了：燭之武在夜晚偷偷來到秦軍大營，鼓動如簧巧舌挑撥秦晉之間的矛盾，終於說服秦穆公放棄攻打鄭國，甚至留下三名將領助鄭戍守，達成了不可能的任務。這下燭之武可成了保全鄭國的大功臣，在國內終於有了地位，直到鄭穆公十六年，燭之武尚代表鄭國與太子夷同往朝晉，仍活躍在鄭國政治舞台之上，可見官運從此亨通，而當年說的「今老矣，無能為也已」有一半是氣話，另一半則是推託之詞罷了。

然而我試圖揣想那個夜晚，燭之武端坐秦軍大營之中，對面是老謀深算野心勃勃的秦穆公，帳外人影雜遝，帳內燈火通明。燭之武請穆公摒退左右，言有要事相商。兩人心下皆自雪亮，倘有一言不合，燭之武人頭落地，連同鄭國舉國傾覆！但燭之武老神在在，竟是沒有絲毫驚慌神色，因為在他夜縋出城之前，對秦晉之間微妙脆弱的關係早就洞若觀火，而此行若不能說動秦穆公，也就不用回去了。於是腦中千頭萬緒，前因後果昭然若揭，不管今日密商結果如何，秦國東侵中原之心終究不會平息。選擇，問題是選擇，怎樣才能幫秦穆公作出最有利的選擇，這才是此行最大的重點，至於明天的事，就留到明天再說。

但當明天到來，世事的發展卻總是出人意料。晉文公想不到自己已然油盡燈枯，陽壽僅剩兩載，大限一到便得撒手人寰；秦穆公也想不到晉文公死後，國內居然還有足夠的軍事力量，殽函之戰打得秦師全軍覆滅，也粉碎了他東進中原的計畫；鄭文公更想不到自己居然能逃過一劫，還看著這兩名霸主從秦晉之好到秦晉交惡，而自己卻作壁上觀。當中最感慨的應該算是燭之武了，只因他活得比他們都久，而旁觀者總是神清智醒，卻又無能為力。

我放下左傳，轉頭打開電視，鏡頭前伊朗外長振振有詞談論發展核能之必要，而字幕打出來的卻是以色列打算對伊朗核子設施進行轟炸；轉至他台，又是德國女總理訪美商談如何抑制伊朗擴張，這個整容後英姿颯爽的新一代鐵娘子心裡一定有好多盤算，關於世界局勢、國家大政、個人政治前途……啊！念念相續無有斷絕處；下一段則是國內新聞，總統、閣揆、新閣揆、黨主席，一個個跑馬燈似的輪番上陣，或忿怨、或黯然、或竊喜、或言諷，他們心裡一定也有好多好多盤算，有的要明說、有的得暗示，還有的得在說與不說之間、告人與不可告人之間……

兩千六百年前如此，兩千六百年後依舊如此。那麼，再過兩千六百年呢？

我嘆了口氣，關上電視，準備上床睡去。選擇，問題從來就是選擇，此刻我選擇暫不聞問，明天的事，還是留到明天再說。

延伸閱讀——●

加西亞．馬奎斯，《沒人寫信給上校》，志文。

金庸，《連城訣》，遠流。

黃凡，《大學之賊》，聯合文學。

給一個解釋

——讀〈勸學〉

荀子說
不要怕
這是罕有的夜
美麗騷動我們生疏的靈魂
不要怕，握緊知識
睜大眼睛
胸懷天明。

——羅智成，《擲地無聲書・荀子》

又到了芒種時節，各級學校忙著舉辦畢業典禮，在儀式中宣告人生階段的完成。親愛的D，我猜想著你此刻的心情，或許有些徬徨，失落，也有些不安吧。一晃眼，已經兩年不見了。兩年前，你拿到高中畢業證書的那個夏天，我深切的為你祝福，祝福你這個天之驕子，在大學時代盡情發光散熱，找到開啟知識之門的鎖鑰。你曾經那麼篤定的，認真做自己，為此付出龐大的代價。歷經家庭革命，你終於獲得認可，告別了理工，順利錄取一心嚮往的人文科系。那時我陪你趕赴春闈，陪著你作夢，彷彿是自己在應考那般的緊張。既以師徒相稱，我就不能不去在意什麼叫責任。

那段日子，天氣變化不定，而我一再想著當年的初衷。人到中年，每講到初衷，總覺得有點可笑。求學這件事，充滿了機遇變化，原本設定的目標、計畫，到頭來往往出乎意料。親愛的D，我本來以為，你會順順當當的唸完大學、考研究所，不管是創作或研究都能得心應手的。所以當你來信說辦了休學，身心俱疲，我著實嚇了一跳，不明白其中究竟出了什麼差錯。然而人生的事總是難說，我們面對著未來，未來一團茫昧，以為黑暗的盡頭就會有光。獨自摸索著人生的時候，依憑他人的文字與智慧，就成為可靠的光照。這時應該要相信，握緊知識，就可以胸懷天明。

我不知道你的迷惘是怎麼回事。只想跟你說，未曾迷途過的人，不值得與他談論人生。在求學的路途上，我也曾經遠兜遠轉，迷而又迷，差一點無法繼續。那時我才十六歲，考進了第一志願高中以後頓失目標，沒有辦法說服自己好好的待在房間裡唸書。那些生硬的知識，與現實生活隔閡甚深，被我棄之如敝屣。我不甘心坐困書堆，不甘心在學校體制裡葬送青春。於是每天悠悠晃晃，只讀自己喜愛的書，活在自己的世界裡，宣告孤獨。表面上不想理解他人，也不想被他人理解，只是心中恐慌得很。一再自問：這麼下去會是如何？

毫無意外的，因為單科成績沒過關，被留級了。確定留級後，去報考五專，仍然拿了高分，任何校系都可以填得上。而我必須抉擇，留下來念高中，或是轉往另一個體系。那個夏天，有好多人跟我一樣，因為被留級而開始思考讀書的意義。我後來才明白，當你開始思考，就表示這事是有意義的。從那時起，我認定自己是要唸書的。不僅僅為了將來的就業謀生，更是為了用各種方式理解我們存在的這個世界。選擇了重讀高一，我一邊應付著考試科目，一邊發展閱讀的品味，在現實與理想之間，漸漸的找到了平衡。我終於知道，要把自己放在怎樣的位置上。因著這份自知，才不會有錯置的悲哀。

我好懷疑，親愛的D，你是不是把自己放錯地方了？輾轉得知你正在為重考衝刺，志向也有大轉變，我突然鬆了一口氣。你究竟不是那種會一廢不起的人。花了兩年時間重新定位，我期待著你的再出發。從小小的洞穴中探出頭來，你看見這個世界的變換了嗎？人為什麼要上學？你終於確定了嗎？與你一起痛罵過（升學）體制的虛偽、僵化，如今我開始思索體制之必需及其作用。

大江健三郎（西元一九三五年—）因為照顧其智障兒子大江光，寫下《為什麼孩子要上學》（日文書名直譯應為《在自己的樹下》），書中呈現他對教育的提問、對人生與讀書的思考。他是這麼說的：「不管是國語也好，理科或算數、體操或是音樂也罷，這些語言都是為了充分了解自己，與其他人連繫。外語也是一樣。」「為了學習這些東西，我想不管在任何時代，這世界上的孩子們，都應該要去上學。」在父母悉心照料下，大江光接受教育，發展了音樂才華，甚至被譽為日本古典樂壇的奇葩。在教育體制中，我們認識自己，也理解他人，就是最珍貴的收穫。

關於學習的重要，主張性惡的荀子（約西元前三一三—前二三五年）在〈勸學〉篇中指出：「學不可以已。青，取之於藍，而青於藍；冰，水為之，而寒於水。」清代王先謙《荀子集解》序文提到：「荀子論學論治，皆以禮為宗，反覆推詳，務明其旨趣。」人在群體關係中，必需透過學習與修養，才能化性起偽，轉化惡性為善德。學習從來不是自然而然的，得要有一些勉強。經由不斷的累積，方能建構知識的主幹，有所成就。禮對荀子而言，是宇宙萬物的原理。聖王用禮來善群養民，用禮來支配制度，用禮來拯救人世的混亂失序。所以荀子如此釐定學習的進程：「始乎誦經，終乎讀禮；其義則始乎為士，終乎為聖人。」

我們讀書，不就是為了明白萬事萬物的道理嗎？不就是為了知道怎樣為自己的存在找一個座標嗎？不就是在浩瀚無邊的知識荒野裡，給自己的生命一個解釋嗎？在有涯之生，我們還得勉力為之，才有機會更加接近智慧的靈光。「不積跬步，無以至千里。不積小流，無以成江海。」在慢慢的累積中，我想跟你一起看見，生命飽滿低垂，日月各安其位。

此刻的你，或許正在圖書館中埋頭苦讀。大考將屆，你的人生又要另起風雲。如果人生要你彎彎折折的走這一段岔路，那一定隱藏了某種道理。我知道，你一直都跟我一樣，對這世界認真。讀書的路永無止境，文憑也成就不了什麼。但現實告訴你，你得先取得那一紙薄薄的證明，才更能為自己鍛造理想。「真積力久則入，學至乎沒而後止也。」我想，這是一輩子的功課了。

窗外一片昏昏，似有即將落雨的跡象。聽說芒種的雨水是豐收的預兆。這時稻子已經抽穗結實，成為種子。穀粒上會長出細芒，所以才把這個節氣叫做芒種。如果可以，我希望在秋天與你見面，知道你終將擁有一季的豐收。

延伸閱讀

大江健三郎，《為什麼孩子要上學》，時報。

艾德勒，《如何閱讀一本書》，臺灣商務。

你被什麼說服？
——讀〈諫逐客書〉

活在小小的島上，我們似乎已經習慣不問這個世界承認什麼，只是老想著自己承認什麼。當然，那得拜之前經濟榮景所賜，可以胸懷世界，講話比人大聲。而現在，我同年之人紛紛西進，跨過台灣海峽，只為了搶先一步得到位置。新的世紀，國界不再分明，通訊設備與網路日新月異，只消手指輕輕一觸，就能開啟一個世界。商人在空中飛來飛去，手提電腦裡儲存著致勝絕技，也儲存著爾虞我詐之中不可或缺的先機。他們無祖國，只是需要偶爾坐下來被權力者摸摸頭，適時的給予自由，然後能各打各的硬仗。

跟商人講仁義，毋寧是對牛彈琴。所以道德勸說之外，還要祭出「積極管理」、「有效開放」的法寶。執政者每每忘記，政策可以操生殺予奪大權，卻無法管控人心向背。

在一個事事需要說服的年代，我們會被什麼說服？

我們會被什麼說服？這其實取決於：我們究竟要面對怎樣的世界？

黃寶蓮在〈無國境世代〉中的描述令人擔憂：「資本主義『消費促進生產』的邏輯，唯利是圖的終極目的，促使人們被消費習慣物化，同時製造過量的垃圾；經濟主義體制雖然防範了飢餓、疾病與死亡，但無節制的擴張，違反自然生態，造成後患與禍害；……」「而國與國之間的敵視、防備與恐懼使核武繼續威脅人類生存，SARS、禽流感，一發生便跨國跨洲傳遍全世界……」這是一個競爭的時代，我們與天爭也與人爭。國與國之間，在軍力上爭勝，也要較量政經實力。

還是那句老話：沒有永遠的敵人，也沒有永遠的朋友，只有永遠的利益。種種競爭景象，早在戰國時代就已經非常顯明。人才跨越國界，貢獻心力，為接納自己的國家謀求富與強。所以無論是哪一個謀士，要想成功的說服國君採納己見，都要先設身處地營造「為你好」的論述。這樣的論述出於功利，最終卻都是要成就自己。兩全其美固然最好，至少要「隨人顧性命」，保住自己為先。而究竟是否「為你好」，則是另外一件事了。

這讓人不禁想起少年李斯，汲汲追求利祿的模樣。他曾看見廁所中的老鼠吃穢物，終日惶恐，而米倉中的老鼠則無憂無慮的享受穀物。他因而感慨，一個人的前途全繫乎自己的規畫安排。於是這少年，一步一步憑靠著自己的實力走向權力的核心。

他從荀子學帝王之術，以合世用。學成後入秦（為什麼是秦？這當然又是一項明智的選擇），先得到呂不韋的賞識任命為郎官，再以兼併天下之策說秦王政，地位不斷攀升。「鄭國事件」是他在秦第一次的政治危機。戰國末年，秦以強大軍事力量併吞諸侯，造成鄰近的國家恐慌。韓王於是使出疲秦之計，意欲使秦國大興土木水利工程，如此則無暇無力東侵於韓。秦王政十年（西元前二三七年），水工鄭國奉命入秦，說服秦王進行引涇水入洛水的大工程。此計被發覺後，秦王下令逐客，將殺鄭國。這逐客令使得秦國客卿人人自危，大概都想連夜捲鋪蓋走人算了。雖說後來鄭國進言修築水渠乃秦萬世之利，十餘年後關中地區因水利灌溉成為沃野，然而當下情況卻是危急的。李斯亦在被逐之列，或許心中隱然有著不甘，〈諫逐客書〉便由此而來。

文章中，李斯劈頭便說逐客之過，接著條分縷析秦國富強的歷史因緣，前代四位國君能夠成就帝業，皆因客卿之功。再從異國器用女色為秦王所鍾愛的事實立論，凸顯排斥異國人才的謬誤。最後才點出關鍵：「夫物不產於秦，可寶者多；士不產於秦，而願忠者眾。今逐客以資敵國，損民以益讎，內自虛而外樹怨於諸侯，求國之無危，不可得也。」以國之強弱安危作結，當然是功利中的功利。這話聽在秦王耳裡，可以立即奏效。

後來李斯位極人臣，為大一統的王國奠定規模制度，不可不說是眼光深遠、手腕高明。或許身在最高層，才最要害怕浮雲遮眼。聰明如李斯者，終被趙高說服，在權力鬥爭中昏了頭。秦始皇三十七年（西元前二一〇年），始皇於巡行途中病逝。李斯祕不發喪，趙高則扣留始皇給長子扶蘇的詔書，欲立二子胡亥。李斯起初不同意趙高作法，後來他是這樣被說服的：「君聽臣之計，即長有封侯，世世稱孤，必有松、喬之壽，孔、墨之智。今釋此而不從，禍及子孫，足以為寒心。善者因禍為福，君何處焉？」

面對亂局，他也被「自處」給說服了。利害交關之際，求福辭禍、趨吉避凶是人之常情。以自私觀點說服秦王的李斯，因為想維繫自利而被趙高說服了。殊不知禍福難測，當趙高擅政，李斯的死期不遠矣。李斯被誣陷謀反，罪名成立，處腰斬，殺三族。在死亡面前，李斯對兒子說想要牽黃犬一起出東門獵狡兔，卻是再也不能夠了。

以利害崛起的，以利害告終。能言善道的，最後被言語所蒙蔽。這怎能叫人不感傷？說服別人的時候，那麼容易洞穿一切。等到自己面對他人的說服，利字當頭，神智未免恍惚。我想起乾隆皇在江邊看著船隻，不禁問道其中紛紛往來者到底有幾多。禪師答他，只有兩艘。一艘曰名，一艘曰利。我們最容易被這兩艘船說服吧？隨著它們帶我們去到或許不願去的地方。若沒有這兩艘船，我們是不是就不知道該往何處去了？

名韁利索，輕易能夠套籠一個人。舉目外望，所欲無窮無盡。果要內求，那真實的自己或許已經漸漸空洞了。我只是好奇，明天以後的世界，我們又將被什麼給說服呢？

延伸閱讀

楊寬，《戰國史》，臺灣商務。

黃寶蓮，《無國境世代》，九歌。

問號之後

——讀〈漁父〉

死亡今天就在我面前，
像沒藥的香味，
像微風天坐在風帆下。
死亡今天就在我面前，
像荷花的芬芳，
像酒醉後坐在河岸上。
死亡今天就在我面前，

像雨過後的晴天，
像人發現他所忽視的東西。

死亡今天就在我面前，
像人被囚禁多年，
期待著探望他的親人。

四千年前，一個埃及人如此寫下他的絕望。這些字句裡頭充滿生之徬徨與困惑，據說這是有史可考的第一份遺書。死亡是一種誘惑，是一種召喚，也是對此生痛苦的最後抵拒。這當然是選擇的問題，也是命運與自由的問題。活著與在著不同，許多人可以忍受生命只剩下活著而已，有些人則像詩人韓波那樣熱血的宣告：「唯一無法忍受，便是事事皆可忍受。」忍與受或許也是偉大的美德，然而我們有時並不需要。真誠的面對自己，每一個何其相似又何其不同的生命體不是在暗中尋光、不渴望迷霧中得路？

是物傷其類嗎？我總在某些節氣想起那些已經逝去的生命。他們選擇自死，選擇捨去原本說要不離不棄的那些。他們對人生充滿問號，問號漲滿胸膛的時候，他們與自己的人生沉到世界的最低最底。自溺其間，終至氣息斷絕。我幾次悲不可遏，在想念離我而去的他們時痛哭失聲。今年春天的某個午後，我在某個朋友把自己掛起來前及時趕到，目睹他親歷死境又回來，聆聽那些以問句構成的哭聲。最令人悲傷的莫過於瞭解到，這是我們的無能為力。

那日陰雲更兼細雨，世界潮濕，有發霉的傾向。我只能仿照李渝在〈和平時光〉中的勸慰，告訴他：「別太折磨了自己，主意是什麼時候都可以改變的，莫認為人只有一種做法，一種活法，日子只有一種過法，無論發生了什麼樣的事情，莫認為自己走到了絕路。」人生要繼續，先得要好吃好睡。

但總是有這樣的時刻，自己心中充滿問號，這讓人無法吃睡皆安。我想到屈原（西元前三四三—二七八年？）在生命退無可退的地方，五月的江潭，憔悴多感的他寫下〈懷沙〉。開頭款款陳辭：「滔滔孟夏兮，草木莽莽。傷懷永哀兮，汩徂南土……」這又是怎樣的憂從中來、不可斷絕？結尾哀音淒切：「世溷濁莫吾知，人心不可謂兮。知死不可讓，願勿愛兮。明告君子，吾將以為類兮。」詩人用筆簡潔至極，正是絕命詞至痛所出。可以說的、不可以說的，都在其中，終將隨著生命的消失回歸沉默。滔滔孟夏兮，草木莽莽一如心中叢生的困惑。那困惑其來有自，如果不是曾經對意義與價值存有一絲希望，終不至於感到絕望。

生命有問卻不一定有答，我們往往不知道命運的底牌是什麼。

人要活得安然，總是要給自己一個說法。難怪屈原辭賦體作品老愛設為問答，鋪陳排比。答問之間，理念各自表述。鋪排屬文，氣勢恢弘又纏綿。藉由交相詰辯，價值的判斷、人生的抉擇便可以對映呈顯了。〈卜居〉、〈漁父〉等篇是否屈原所作，雖尚有爭議，但並不妨礙我們對這個靈魂的理解。〈卜居〉、〈漁父〉中，屈原分別與鄭詹尹、漁父各出機鋒，言語相對。屈原與他們之間，大概也沒有誤解這回事，只是彼此想法不同而已。他或許也要說，他只是跟當時整個世界想法不同罷了。這世界也就容不下一個像他這樣美好的人。

關於此人此生，司馬遷在〈屈原列傳〉裡是這麼說的：「屈平正道直行，竭忠盡智，以事其君，讒人間之，可謂窮矣。信而見疑，忠而被謗，能無怨乎？」在不被瞭解的時候，誰能夠不怨悱、不哀傷？〈漁父〉一篇記錄了屈原生命盡頭的形象，漁父淡然告之與世推移之方，並且問屈原為什麼要想得那麼深遠、行為那麼高超？為什麼要走上自我放逐的路？於是虛弱的屈原對漁父這麼說：「吾聞之，新沐者必彈冠，新浴者必振衣。安能以身之察察，受物之汶汶者乎？寧赴湘流，葬於江魚之腹中。安能以皓皓之白，而蒙世俗之塵埃乎？」他氣度從容，語氣堅定，一切答案竟都是：我怎麼能夠？

我怎麼能夠！怎麼能夠忍受乾淨的身體被弄髒？怎麼能夠忍受清潔的靈魂被這世界污染？我怎麼能夠……？

最後漁父莞爾而笑，鼓枻而去，只留下一曲滄浪之歌做為故事的餘音。〈卜居〉問句更多：「吾寧悃悃款款朴以忠乎？將送往勞來斯無窮乎？寧誅鋤草茅以力耕乎？將游大人以成名乎？……」其中連用八組「寧……，將……？」的問句形式，讓兩種對立的價值在此揭露。事實上，詩人心中早有定見，這些問卜之詞只是更加堅確的表明心跡而已。這是他抉擇的過程，緊接著他又問道：「此孰吉孰凶？何去何從？」一切對答與質問，到此都是為了以顯己志。

此外，屈原的主要作品有《離騷》、《天問》、《九歌》、《九章》、《招魂》等二十三篇。《離騷》劈頭便說：「帝高陽之苗裔兮，朕皇考曰伯庸。」驕傲的自說身世，他承繼了高貴的血脈。許是這傲氣，才有「路曼曼其修遠兮，吾將上下而求索」這等自由開闊的心路旅程。詩中，追尋者潔身自好，貞亮孤高，從不向現實妥協。浪漫玄想聯翩，屈原以文字開闢一處生命棲居的天地。小說家張煒在《楚辭筆記》中，以審美觀點直接剖析《離騷》：「這就是愛，愛怎能不糾纏？意怎能不繁複？它在言說不可言說之物，本質內藏。」他推斷屈原「不僅忠於祖國，他還忠於愛情。所以，他更強大。」《天問》則以龐大的問句結構向蒼天提出了一百七十二個問題，提問者充滿好奇疑惑，他的問題涉及了天文、地理、文學、哲學，質疑歷史、直探本源。

若不總觀屈原一生，他那生命絕路的慷慨陳詞可能無法讓人理解。屈原名平字原，戰國末期楚國丹陽（今湖北秭歸）人，乃楚之同姓。身為楚武王熊通之子屈瑕的後代，他也曾少年得志，以貴族俊彥出任懷王左徒。圖議國是、應對諸侯，皆所擅長。懷王時代，屈原主張聯齊抗秦，與上官大夫靳尚、令尹子蘭的親秦派不合。

張儀以重金收買靳尚、子蘭、鄭袖等人充當內奸，同時以獻地六百里誘騙懷王，致使齊楚斷交。懷王受騙後，兩度向秦出兵皆敗。屈原奉命出使齊國，意欲重修齊楚之好。秦國怕與楚結怨太深，願意歸還漢中請和。然懷王痛恨張儀，寧捨漢中而以張儀抵罪。張儀則再次使楚，遭囚之際，設詭辯於懷王寵妾鄭袖。懷王聽信鄭袖，放了張儀。屈原回楚得知此事，諫請懷王追殺張儀，然而為時已晚。懷王二十四年，秦楚訂立黃棘之盟，秦退還上庸。屈原亦被逐出郢都，到了漢北。二十八年，秦楚生變，秦王欲攻楚，用張儀之計，佯裝與楚親善議婚。屈原直諫秦以虎狼之心，其中必有訛詐。懷王卻聽子蘭之議，果然赴武關之會。懷王入武關時，秦兵截斷後路，要脅割地。懷王不肯，遂逃奔趙。然被秦兵追及，遭秦扣留拘禁三年，最後客死秦國。

頃襄王即位後，屈原再次被逐出郢都，流放江南。輾轉流離沅、湘二水之間，足跡則遍及鄂渚、辰陽、溆浦等地。頃襄王二十一年（西元前二七八年），秦將白起攻破郢都，燒毀楚國宗廟、踐踏先王陵墓。強秦亡楚，屈原自沉汨羅江，以身殉道。

連串的問號之後，屈原為他的世間之路劃下句號。果真是〈命若琴弦〉，每人心中一把調。關於生命這檔事，史鐵生是這樣說的：「無所謂從哪兒來、到哪兒去，也無所謂誰是誰……」無來無去，卻也有一點什麼，整全而美好的保留下來。至此，生命的問號一點都不虛無。因為在乾淨的心裡，已經遇取了存有的實感。

日月安屬？列星安陳？繁星捨給什麼？江河山川又捨給什麼？生命的奧祕是什麼？在燦爛的星夜，生命邊走邊唱。我又想起梵谷之歌〈Vincent〉，我又想起那些自動從生命饗宴中提前離席的人，當下恍然，他們留下的那些問號從來不只是問號。歌詞最後不是這樣嗎？這世界容不下一個如你這樣美好的人。

延伸閱讀

張煒，《楚辭筆記》，時報。

凱．傑米森著、易之新譯，《夜，驟然而降：了解自殺》，天下文化。

邱妙津，《蒙馬特遺書》，聯合文學。

駱以軍，《遣悲懷》，麥田。
史鐵生，《命若琴弦》，正中。
賴香吟，《其後》，印刻。

討債祕技一〇一

——讀〈馮諼客孟嘗君〉

撥了電話，那頭聲音好平靜，自言鬼門關前走一遭，好容易撿回性命，雖然未到看破一切的地步，但有些事情是看得淡了。金錢逼人走上絕路有如是者，活在這利益關係蛛網密疊的世界裡，攤開報紙打開電視，時刻聞見舉家燒炭當頭條，親友失聯期年，再見竟成白骨的事情。那人也是一樣窘況，只差一步便隔天人，我說，好險好險。

拚經濟，救卡奴，不是焚香膜拜卡神就有用。月初流行的來電答鈴，一片嗚咽聲中，男子哭腔告知你來遲矣，木炭已經燒起，全家都準備好了——不過是烤肉大會，快來加入晚之沒東西吃了。這是愚人節的黑色幽默，但笑過之後怎能不膽戰心驚？這個島上自殺案件數目屢創新高，居住大不易，早不是婆娑之洋中那座美麗之島。縈繞鼻間不是花香，卻是錢關難過木炭香……

燒炭不如燒債，債務協商專員最好派馮諼來，一把火解民倒懸，皆大歡喜，但前提是背後老闆得像孟嘗君。這事記載在《戰國策．齊策》中，馮諼為孟嘗君門下食客，平日碌碌無所為，只是彈劍唱歌。一日為孟嘗君收債於薛，馮諼召集所有債務人，把大家的債權契約都燒光了，說是為孟嘗君「市義」。其後孟嘗君受讒失勢回到薛地，卻見父老夾道歡迎，始知馮諼之用心。馮諼接下來更巧妙利用國際情勢，替孟嘗君在齊、秦二國安排位置，「孟嘗君為相數十年，無纖介之禍者，馮諼之計也。」

《戰國策》是輯錄戰國時期謀臣策士謀畫或辯說的著作，由西漢劉向編纂。由於此書非一時一人之作，孟嘗君的形象往往也因此前後矛盾。他會因為貪圖楚王死後太子繼位的利益，被蘇秦耍得團團轉，卻也能禮賢下士，以四馬百人之食奉養一個專門毀謗他的夏侯章；他可以饒了與自己夫人私通的舍人，也能受公孫戍之諫，而不計較他是收人禮物前來遊說。但在〈孟嘗君逐於齊而復返〉一章中，譚拾子以「事有必至，理有固然」來勸諫孟嘗君不要秋後算帳，而孟嘗君「乃取所怨五百牒削去之，不敢以為言。」——五百個仇人，好長一列黑名單，但這人未免也太會記恨了。

究竟哪一個孟嘗君才是真正的孟嘗君，我不知道。只是歷來評論馮諼燒債市義一事，總以孟嘗君因能容人之故，卒得賢士。然而史記對此事的記載不同於戰國策，司馬遷筆下的孟嘗君器量狹小，常懼善恨，但比戰國策裡的那個形象要聰明多了。同樣是馮諼彈劍唱歌要求更好待遇的情節，戰國策裡的孟嘗君豁達大度全不計較，而司馬遷筆下的孟嘗君初雖不以為意，但見他要求越來越過分，不禁動怒；薛地收債一段，戰國策無隻字提到債從何來，只言貼出公告徵求會計專家，而史記卻寫是孟嘗君派人放貸，又無從索息，才聽從傳舍長的建議找了個無用之人前去收債（怎麼這麼像地下錢莊和討債公司的結合？）

至於燒債一事，戰國策裡的孟嘗君是等到馮諼雙手空空回來報告方知始末，又生不起氣，只好自認倒楣，既往不咎。要等到齊湣王罷黜他後，他才明白馮諼到底為自己做了什麼。而司馬遷寫孟嘗君在國內就聽說馮諼幹了什麼好事，氣得找人叫他回來追究。不過當馮諼一說明理由，他馬上就能理解其用心，因而拊手稱謝。由此觀之，這個孟嘗君腦筋清楚多了——只是也奸詐許多。

比起《戰國策》，我其實更願意相信《史記》。司馬遷讓孟嘗君的人格完整了，聰明而狡詐，有金錢亦有權勢，要狠不落人後，結果是無所不為。周赧王三十一年，孟嘗君與齊湣王交惡，竟投靠魏昭王以為相，聯合五國軍隊攻伐齊國，致使齊湣王逃至莒地而死於莒，全無同宗之德。後來孟嘗君死，諸子爭立，而齊魏共滅薛，終使他絕嗣無後。在世無纖介之禍，但死後連個捧飯的人都沒有，不可不說是因果自種矣。

要講因果就得談報應，比起信陵君「高祖每過之而令民奉祠不絕也」，孟嘗君禍延三代，不為無稽之談，因為司馬遷可是親眼見到此事，絕不唬人：

太史公曰：吾嘗過薛，其俗閭里率多暴桀子弟，與鄒、魯殊。問其故，曰：「孟嘗君招致天下任俠，姦人入薛中蓋六萬餘家矣。」世之傳孟嘗君好客自喜，名不虛矣。

如果生命死而有靈，神鬼縹緲而有信，搭乘地獄遊覽車訪問幽冥世界，像多年前某週刊曾經試過的尋找三毛大冒險，能不能找到操著戰國時代山東腔的田先生，問問當年馮諼所買下的「仁義」，而今安在哉？或者從來沒有什麼仁義，一切如司馬遷所寫的：「焚無用虛債之券，捐不可得之虛計，令薛民親君，而彰君之善聲也」，不過是許許多多計策謀略中的一個環節，而那些敘述的文字徒為飾詞？

我想起狄更斯的經典小說《聖誕頌歌》的教訓。當未來聖誕幽靈向小氣財神史古奇透露他未來悲慘的命運時，年事已高的史古奇問道，如果他現在不洗面革心，他所看到的事情到底是一定會發生，還是可能會發生？幽靈沒有回答他。然而性格決定命運，選擇改變人生，我們不都聽膩了嗎？

或許此刻我們最不需要的就是道德勸說，甚至是十殿輪迴拔舌剜心的恐嚇，只要他們的腦袋如同孟嘗君一樣的清楚，就會知道該去哪裡追錢，而不會像那些到人家門口潑紅漆灑冥紙的傢伙，逞憤一時之快，但回程仍舊雙手空空。至於百年以後子孫果報如何，那可不干我們的事。

延伸閱讀——•

查爾斯．狄更斯，《聖誕頌歌》，書林。

什麼是靠得住的？

——讀〈過秦論〉

在這個無以為靠的年代，有什麼是靠得住的嗎？我們有沒有一個堅持公理與正義的政權可以信靠？有沒有一張幸福的藍圖可以信靠？或許一切的失望都來自於我們對人性的假設，或許一切的挫敗都來自於我們對制度的期待。我們長久以來被教養著要信奉、發揚人性的美善，彷彿只要這樣世道人心便會一片光明祥和。我們何其願意天真的信仰：「我欲仁，斯仁至矣。」彷彿仁義在我心，就可以高唱萬事美好、不怕不怕了。

然而真是這樣嗎？我們相信民主政體底下，人民理應享有免於恐懼的自由、免於匱乏的自由。可是我們怕了——為了物價上漲、薪水不漲而害怕，為了社會亂象、暴虐凶殺而害怕，為了政治口水、權能失衡而害怕……什麼時候，我開始體驗到生存的艱難？什麼時候，我開始質疑正義的缺席？什麼時候，我開始感傷理想的失落？一直要到自己掙錢養家，每年定時報繳所得稅，才驚覺我與這個時代、這個家國其實是渾然一體的。我與它的命運綁在一起，不可須臾離。當媒體一樁一樁揭露官商勾結、貪汙不法，不禁讓人感嘆仁義安在。權力使人腐化，絕對的權力使人絕對的腐化，看來不假。

唐太宗說：「以史為鏡，可以知興替。」歷史殷鑑在我們眼前，多少朝代的盛衰，都有事理上的必然。乍起乍落的，尤令人好奇。這是賈誼〈過秦論〉結尾的提問：「然秦以區區之地，致萬乘之權，招八州而朝同列，百有餘年矣；然後以六合為家，殽函為宮，一夫作難而七廟隳，身死人手，為天下笑者，何也？仁義不施，而攻守之勢異也。」

為什麼以秦之強，竟然在陳涉揭竿起義之後迅速走向敗亡，宗廟隳壞，帝王橫死？他指陳秦朝滅亡的原因在於不施仁義，意欲以古諷今，委婉勸諫漢主以秦為借鑑，謀求長治久安之道。賈誼（西元前二〇〇—前一六八年），西漢洛陽（今河南省洛陽市東北）人，是當時有名的政論家、文學家。他主張改曆法，易服色，定官名，興禮樂。

並且建議削弱諸侯王的勢力，加強中央集權。〈過秦〉是其代表作，在賈子《新書》中列在第一，分上、中、下三篇，這裡所談的是上篇。《文選》選錄此文時加上「論」字，因而後代也稱之為〈過秦論〉。這篇文章主旨乃在議論秦政的過失，這也是西漢前期諸家政論文討論的主要焦點之一。〈過秦論〉上篇極力渲染秦國的崛起與稱霸，以及一朝敗亡之速，以強烈的對比，點出「仁義不施」實則為破滅敗亡的理由。中篇和下篇，則批判析論秦二世胡亥、子嬰，探討應該採取何種措施，才能挽回敗局，其實也具體地勾勒出西漢朝廷應該注意的政策。

就賈誼的觀點，取天下或許可憑武力，但要守天下則非仁義不可。這當然是專對君主政體而言，用政策凝聚民心，自可以維繫國祚，傳之久遠。不然，橫徵暴斂的結果，便是自取滅亡。君權時代，尚且有知識分子提出這樣的概念，要給人民一個交代。當今的民主社會，人民是執政者的老闆，人民有權去監督執政者施為，怎麼我們竟覺得一切靠不住了？至此，仁義已經無法論斤論兩，嘴裡說說就算。仁義當然更不是探訪貧窮孤苦，送上一碗熱騰騰的湯麵外加慰問金而已。現代的仁義詮釋，必須放在執政者應守的分際來看。

林達在《總統是靠不住的》裡頭說得好，其中分析美國政治制度，其設計理念基於：「人是靠不住的，掌握權力的官員是靠不住的，政府是靠不住的。一個權力或力量，必須由其他的力量來平衡和制約。」在政治上，美國人追求民主自由，卻對一切制度充滿懷疑、不信任，因而更彰顯了對美善的執著。唯有正視人性的貪婪、好欲，才能有真確的反省，超越的可能。在小小的島上，我們厭惡黑金、政治惡鬥，卻又鄉愿的視若無睹，不敢面對自己的無能。我們最大的悲哀是：只能任憑權力者說，「不然你想怎麼樣？」正因為人皆有貪嗔癡，所以我們更要在民主體系裡頭鞏固法治。唯有法治的防線確立，道德才有可能，仁義才有可能，富而好禮的教養才有可能。

這是太人性的了。身為一個人，面對財色誘惑，誰能不動心？有內線交易可做，能高唱仁義說我不要的幾希？怪來怪去，或許都要怪我們的制度設計出了問題，我們忘了為道德畫出一道更確切的法律防線。民主的果實得來不易，卻容易因為人性的弱點而造成它的腐敗。什麼時候我們會說已經忍無可忍了？

相較之下，陳桂棣、春桃在《中國農民調查》中披露的九億中國農民生存困境，當然更令人心驚。書中農民在夾縫中求生存，他們得面對貧窮，還得面對村官鄉霸的敲骨吸髓。即使上訪、抗爭，農村生活依然痛苦。讓人感慨的是他們寫道：「神聖不可玷汙的法律，其應有的權威還樹立不起來；獨立辦案還常常只是寫在紙上的一句承諾。我們的生活與法律之間，有時還有著一種更加強大的力量在發生作用，使得許多法律還僅僅是一個誘人的美好願望。」

我們自詡民主進步，然而在我們這邊，不也是這樣：「許多法律還僅僅是一個誘人的美好願望」？我們能夠靠著這些美好願望讓世界更美好嗎？好人會被保護？貪贓枉法的會進監牢嗎？說穿了，我們到底還是需要力量與制度，與種種政治權勢相互監督制衡。

延伸閱讀

林達，《總統是靠不住的》，時報。

陳桂棣、春桃，《中國農民調查》，大地出版社。

誰來晚餐

——讀〈鴻門宴〉

吃食如何給人幸福的感覺，其心緒變化種種，我已然生疏。在我北城山居的日子裡，總是獨飲獨食。獨飲令人精神渙散，獨食教我腰圍膨脹，每當吃飽喝足，腆著肚腩坐在沙發上的時刻，心中莫名感慨，譬如愛，譬如死，譬如怎樣才是一個家——家是什麼？或許是一方餐桌罩滿溫暖的燈光，食物煙氣騰騰散發誘人色香味，最重要的是還有生命中無比重要那個人，坐在你的對面，一次咀嚼綻開一朵笑靨……若有幸福，正該是那樣的時刻，身心靈魂，連胃腸都有人相伴。

從前只覺得吃得好比較要緊，座間何人倒不那麼重要，因此凡是村裡有拜拜、家中接紅帖，無宴不與，每請必到。到得晚了，見隙便坐，管他身旁人物男女胖瘦，我自吃我一份。唯一計較婆婆媽媽自備塑膠袋，一道菜上來，同桌各人才夾一筷就自動自發收拾殘局——他是有吃又有拿，苦了旁邊大眼瞪小眼，忍也不是翻臉也不是。

一頓飯能計較多少？幾個袋子又能包容多少？至大不過天下，權力角逐，利益輸送，有所求者不過如此。席間有時市道之交，買進賣出煞費機心，一日東窗事發，各備說詞還前後矛盾；有時卻是兩雄相爭，列強環伺，飲食不忘攻防，言談意帶殺伐，一不留神便血濺五步，鴻圖霸業化為煙雲。所謂宴無好宴，會無好會，司馬遷留給了我們這個帶有殺氣的名詞：鴻門宴。

秦二世三年九月，楚懷王命宋義、項羽出兵救趙，命劉邦領兵西向攻秦，懷王並與諸將約定「先入定關中者王之」。翌年十月，劉邦已先入關，項羽後至，至函谷關時卻被守關軍士擋下。又聽說劉邦已經攻破咸陽，於是大怒破關，進駐鴻門，欲攻擊劉邦。當時項軍四十萬，劉軍僅十萬，實力懸殊。於是劉邦聽從張良的緩兵之計，親赴鴻門向項羽謝罪。

然而此行驚險重重，首是項羽大軍入秦，函谷關閉，早已怒火填膺；再者劉邦左司馬曹無傷加之反間之言，火上加油，尤添霸王之憤；范增更在油火交煎之時進言，說劉邦「志不在小」。這三件事層層疊疊，觸動項羽敏感神經，對劉邦直是意欲殺之而後快，非如此不足以王。只是項羽之季父項伯素與張良交善，先來通風報信，後又受張劉二人的請託居間說項，才暫緩此一觸即發的緊張局面。

但一波未平，一波又起，宴中劉邦屈辭卑顏，項羽久無動作，范增候之不耐，而召項莊舞劍，意在刺殺劉邦。正當危機迫在眉睫，樊噲帶劍擁盾闖入帳中，先以氣勢鎮壓全場，又以嚴詞正義說得項羽無以應對。其後劉邦藉尿遁脫身，終於免了一場大難，司馬遷走筆至此功德圓滿，而我們放心之後，也嘆了口氣。

難道不是慨嘆項羽的婦人之仁嗎？難道不是厭膩劉邦的厚顏無恥嗎？難道不是想到壯盛青春對抗中年智謀的無奈，而天下動盪，居然落入一個習慣口呼恁爸，折辱儒生的流氓手中嗎？不，當然不是，因為天下大勢莫不如此，李宗吾早就意帶諷刺地說過，只有面厚心黑，才能成功立業。而我們心知肚明，早就習慣奉天承化當順民，人吃牛肉我喝湯，到沒湯喝的時候才想到要出聲喊喊農民起義。不是因為這些，而是難過於那些華美飲宴精緻餐食，怎麼老是變成有心人士較量實力逞鬥心機的工具呢？

我想起大四那年的畢業旅行，一路上吃吃喝喝，總是提心吊膽，因為那年代的國文系眾教授們素享酒黨之名，無宴不飲，而且一定拿為數不多的男生們開刀。該來的總是躲不掉，住在阿里山某飯店的那日，大難終於臨頭。晚餐席開四桌，女生們早趨吉避凶躲得遠遠的去了，我們五個男生只得充當護花使者，捨命陪君子。一晚上高粱酒杯來盞往，硬是喝了個爛醉，欲扶向路而不能，最後只好四肢著地爬回房間。隔天宿醉難醒睡到下午，但班導他老人家卻精神矍鑠，一大早還帶其他人殺上山去看日出——後來聽說他是早有準備，存心在我們面前顯威風來著，只怪我們年輕識淺又沒本事，非中招不可。

如果只是被整像樊噲那樣，要一杯酒結果來一斗酒，給豬蹄膀結果來生蹄膀，吃喝下肚隔天是否鬧肚子，倒也不算什麼。座中若有不速之客，吃飯難免吃得殺氣騰騰。馬奎斯寫玻利瓦爾將軍接受坎皮略家族的午宴邀約，同桌就有個法國人阿特朗蒂克出言不遜，被將軍用言詞狠狠修理了一頓——邊吃邊談政治總是引爆炸藥的導火線；張大春寫上校的最後一日，豆漿店裡與神祕人短暫晤談，之後便人間蒸發再無消息——這是吃不完兜著走，結果丟了性命。

俗話說「人為財死，鳥為食亡」，如今這個社會已經把兩者合而為一，巧立名目舉辦的餐會，往往兼有特殊的目的，非徒為吃而已。如果共餐者還有所謂的貴客，這貴客還要在飯前飯後多講兩句話，其中諸般奧妙便只能意會不可言傳，因為說了出來，官司就上身了。

每當從新聞中看見勾結圖利的聚會又是在某餐廳舉行，誰誰讓媒體飛車追逐又讓檢調約談，我便懷念起從前在大洋之濱的日子，漁港裡總有新鮮的海產，市場中到處是便宜的蔬菜。彼時好悠閒，樂於調和鼎鼐，整治出一道道豐盛菜色，趁熱上桌，酒食皆備，心神都安。

不必費心計較誰來晚餐，那時節，自有無可言喻的幸福。

延伸閱讀

李宗吾，《厚黑學》。

馬奎斯，《迷宮中的將軍》，允晨。

張大春，《沒人寫信給上校》，聯合文學。

不能遺忘的遠方

——讀〈登樓賦〉

那時夏夜燠熱，你們在盆地南方的校園頂樓，望著從雲層間透露出的稀疏星光，一邊喝著微溫走味的啤酒，一邊模仿偽文藝青年談天說地。大一新鮮人總是做作，話題必然轉到理想，說世界怎樣運轉並不順暢，成人那一套如何虛假，說一些你們其實並不太明白但意見很多的事。等到話題用罄再無可說的時候，你們只好開始聊自己的家。你說一樣是這個季節，發布颱風警報但停課彷彿沒有希望的時候，天地間吹起十一級陣風，大浪湧向岸際，在堤防上轟然打出七八公尺高的浪花，而你站在面海的教室之外，讓這一幕銘刻在你心底，成為故鄉永恆的意象。然後你讀到楊牧，他在西雅圖涉足入海，此地或將謠傳海嘯。你開始意識到有一種距離叫做遙遠，難道只是因為一海之隔，就會讓人愁思瀰漫，因而生出許多詩意的想像嗎？即使你清楚知道，只要一張機票就能帶他橫越萬里，回到這座使他朝思暮想的島嶼，那麼這些所謂詩意的想像，豈非從黑暗內裡緩緩爬長出來的無根藤蔓，任意攀附，因為浪漫的緣故，不必負起任何責任？

或許那應該是一種摻雜了絕望、悲傷、憂懼與憎恨、自我說服以及精力渙失的複雜感受，在他處流浪，眼睛卻看著來時的方向——船尾漸行漸遠的水紋——康有為會想到這些嗎？當他從香港而加拿大，從新加坡而歐洲，遊蹤遍歷羅馬、巴黎、雅典等大城市，面對泰西文化搖籃，口中說著沮喪的言語，只能「感喟欷噓，不能自已」；陳芳明會想到這些嗎？當他浪遊在美國的土地上，聽著巴布．狄倫和瓊．拜茲的音樂，他說「易傷，脆弱，戰慄，是那時候初臨異國的心情。……我無端恨起家國，恨起身世，恨起放逐的、垂危的歲月……」你無法想像他如何愛著那個背叛了他的遠方。

雖信美而非吾土兮，曾何足以少留。還有更好的句子嗎？

漢獻帝興平元年（西元一九四年），關中陷入戰亂，王粲南下荊州依附劉表，卻因為容貌醜陋，加上身材太過矮小，無法得到劉表的重用，投閒置散。這對王粲而言很是難堪，因為早在少年時代，他就已經受到當時文壇大老的青眼：

獻帝西遷，粲徙長安。左中郎將蔡邕見而奇之。時邕才學顯著，貴重朝廷，常車騎填巷，賓客盈坐。聞粲在門，倒屣迎之。粲至，年既幼弱，容狀短小，一坐盡驚。邕曰：「此王公孫也，有異才，吾不如也。吾家書籍文章，盡當與之。」

——〈王粲傳〉

這樣的生活過了十二年，憤懣憂愁之心與日俱增。他在〈七哀詩〉裡寫道：「西京亂無象，豺虎方遘患。復棄中國去，委身適荊蠻。」「荊蠻非我鄉，何為久滯淫？」為什麼留下來？那些無根藤蔓日漸茁長，纏繞內心，讓他喘不過氣，除了登高覽勝抒解情緒，他沒有去處。然而宋代周邦彥這麼說：「樓上晴天碧四垂，樓前芳草接天涯，勸君莫上最高梯。」莫上最高梯？你無法明白這其中的關連。

其實你是明白的，當王粲登樓遠望，心念起伏輪飆電旋，對世間紛亂種種，只能發出無奈的長嘆。如果天下安定，就能回到朝思暮想的故鄉，不管路途有多遙遠；如果天下安定，就能夠貢獻一己之心力，而不是匏瓜徒懸，虛度一生。但這樣的願望可能實現嗎？他看不見那樣的可能，只看見時局持續惡化，平野蕭條荒涼，兵士還在為了戰爭而奔走不息。於是從「登茲樓以四望兮，聊暇日以銷憂。」到「循階除而下降兮，氣交憤于胸臆。夜參半而不寐兮，悵盤桓以反側。」憂愁竟是不減反增了。

但「回去」這件事情到底意味著什麼？一九四九年兩岸分裂，讓這座島嶼成為奇異的混居之地，讓余光中寫下「鄉愁是一灣淺淺的海峽」，讓無數外省老兵魂牽夢縈著彼岸故土。但解嚴之後，五十年時空隔閡，使得「那裡」只能成為他們精神上的原鄉，再也回不去了。戒嚴時期的異議分子被迫流亡海外，解嚴之後終於能夠回來，實踐當初被禁止的理想。然而眼見為憑，理想居然就在面前墜落，像是電影《駭客任務》第二集的片尾，莫斐斯望著被擊毀的尼布甲尼撒號，沉痛地說：「我曾經有過一個美夢，如今它卻離我遠去。」回去這兩個字像是一則魔咒，緊緊捆縛這些人的一生。

你想起余秋雨筆下那座日軍墓園，藏身在新加坡某個僻靜的角落，園中埋著二次大戰的戰犯，妓女，以及一位知名的文人二葉亭四迷。在電影《望鄉》中，妓女們的墓碑全都朝北設置，彷彿仍然懷抱著生前的願望，隔海眺望遠在大洋之北的故鄉。然而余秋雨告訴你，在真實的那裡，墓碑不是朝北，而是朝西。難道生命如此勞累，連死後都不得安息，還必須背負著生前的罪愆，即使是最卑微的心願——面朝故鄉——都無法完成？

如果她們其實是不敢看呢？如果一望便令人淒然低迴，那麼無止盡的凝望，將會帶來多大的痛苦？你無法想像，但你知道一整個時代的哀愁，乃是由無數細小的悲劇匯演而成，終於成為命運的巨洋，隔離你和那裡。啊！難道只有痛苦是永生不息的嗎？

在《聖經．創世紀》裡，當羅得與妻子倉皇逃離天火焚城的所多瑪，羅得之妻因為不忍而回頭望去，竟變成一根鹽柱。或許那就是一生眼淚的凝結，一世悲傷的總和。然而你還是無法忘記，多年以後，當你再度離開山海匯聚的故鄉，前往人群麇集的繁華北城，並且以為這次離去大概就是半生光陰冉冉，即使有一條隧道一條鐵路輕易連結兩地，你知道，那個不能遺忘的遠方只存在於那段時空之中，而你是再也回不去了。

延伸閱讀

楊牧，《奇萊前書》，洪範。

陳芳明，《陳芳明精選集》，九歌。

余秋雨，《文化苦旅》，爾雅。

約定

——讀〈答夫秦嘉書〉

妾身兮不令，嬰疾兮來歸。
沉滯兮家門，歷時兮不差。
曠廢兮侍覲，情敬兮有違。
君今兮奉命，遠適兮京師。
悠悠兮離別，無因兮敘懷。
瞻望兮踊躍，佇立兮徘徊。
思君兮感結，夢想兮容輝。
君發兮引邁，去我兮日乖。
恨無兮羽翼，高飛兮相追。

長吟兮永嘆，淚下兮沾衣。

——〈答秦嘉詩〉

是不是在身體或心靈最脆弱的時候，不想自己一個人過生活？親愛的Y，三十歲之前，我們不都很自得於可以大聲對這世界宣告：單身快樂？年過三十，為了催促我早日結婚，身邊的人總對我說，兩個人比一個人好。聞言而笑，我說單身生活亦可以自足的時候，臉上猶有幾分得意罷。怎麼也沒想到，前些日子肩背有了運動傷害，突然很希望身邊有個人相互照應。格雷安．葛林《我們可以借你的丈夫嗎？》中提到：「唯一能真正持續的愛是能接受一切的，能接受一切失望，一切失敗，一切背叛。甚至能接受這樣一種悲哀的事實：最終、最深的慾望只是簡單的相依相伴。」這話以前不信，如今卻引發了許多感慨。親愛的Y，你不在我身邊的時候，我孤獨難耐。

深夜醒來讀徐淑〈答秦嘉詩〉，心緒更是周折了。秦嘉與徐淑這對夫妻，讓我知道什麼叫作只羨鴛鴦不羨仙。秦嘉夫妻籍貫隴西（今甘肅東南），桓帝時，秦嘉為郡上計吏，嘉赴洛陽就職，徐淑因病不能同行而回娘家靜養。臨別，秦嘉賦詩相贈，別後又時與信札，復贈明鏡、寶釵、芳香、素琴以表情意。徐淑也以詩文奉答，〈答夫秦嘉書〉是這麼說的：「身非形影，何得動而輒俱？體非比目，何得同而不離？於是詠萱草之喻，以消兩家之思，割今者之恨，以待將來之歡。」牽攣乖隔之際，所有的期盼，都寄託在不遠的未來可以相聚。秦嘉後來病卒於津鄉亭，父兄便勸徐淑改嫁。但她毀形不嫁，自削一耳以明志。不久，過於哀慟，亦卒。

我終於能夠體會，渴望相依相伴的那種心情。原來孤獨的個體，唯有一體感才能帶來完整的人生。在命運面前，徐志摩早就說過了，「得之，我幸；不得，我命。」在茫茫人海中，相遇其難，相知其難，相守其難。究竟什麼時候開始的，我們認定彼此？認定彼此，是性靈上的至親。當我說你是我的命運，你的頭靠在我胸前，我知道我也是你的命運了。

把星星月亮都擋在窗外，完整的黑暗裡，我們掌心疊著掌心。細數浮生，我說我們不要再錯過了。辦公室裡有兩個同事懷孕，聚餐時分別說起夫妻之間的默契。其中一個說牽著手才能入睡，另一個說總是要抱著睡，然而不久就會因為過熱而分開。我好高興，我們是用心跳相互溝通的。我也曾驚懼、懷疑，性情相異的兩個人，如何能夠認定同一種生活？

在嘉南平原唸書時期的學弟在網路那端捎來信息，他與另一個男生甜蜜的生活。他說本來無法忍受對方的鼾聲，如今卻要憑藉著這聲響以潛入睡眠。對方原來不習慣同榻而眠，久了便要擁抱著才睡得香甜。夜半醒來，發現彼此不在對方懷中，總要抱回來才能繼續睡。他們彼此瞭解，交付對方自己的生命密碼。生活在一起，生活在沒有律法保障的伴侶關係裡，學弟說當然要有更多的勇氣。若沒這幾分勇氣與堅持，一切的幸福都稍碰即碎。我始終認為，沒有（一起）生活，便沒有未來。所謂的將來的美好，不都建築在現下的安穩中。難怪胡蘭成、張愛玲的婚書要那樣寫——「願使歲月靜好，現世安穩。」

我記得某個夏日清晨，你因為惡夢而驚醒，再也無法入睡。晏起的我仍蒙昧恍惚，走向你聽你說夢中如何如何。我張開手，說抱抱，你在我懷中，或許可以不怕了。你總是嗔怪，我後來竟又昏昏沉沉睡自己的回頭覺去了。那次以後我們幾經波折，幾乎走不到一起了。我極其不願意想起那段日子，都說相處一定要經過磨合，我們卻一再拖磨又拖磨，無法契合。我要的幸福、你要的幸福，終究無法成為同一件事。你跟我，沒有辦法成為我們。忽然有一天，我們都知道，是時候了。彼此的生命同氣連枝，再也不能切割。

睡在彼此的氣息裡，我多希望可以作同一個夢。那幾乎是一則洪水神話了。你囈語不斷，醒來才說夢見山崩海嘯，我們拉著手一路奔逃。唯有對彼此，我們決定了，我們不躲了。是命運帶我們來的，希望我們往後的人生也只會有同一個解釋。

此刻我孤獨難耐，沒有你在身邊。但是知道很快很快，你會飛奔向我，好像羚羊或是小鹿。漫漫人生，我知道你會跟我一起走。我說要為你指認天上的飛鳥與星辰，辨明什麼是日常什麼是生活。那麼多猜疑、爭吵過後，我們終於可以一起唱著〈約定〉了：「一路從泥濘走到了美景，習慣在彼此眼中找勇氣。累到無力總會想吻你，才能忘了前路艱辛。」再也不能是他人了，你說。我點點頭，再也不能是他人了。

關於相信關於愛，《聖經．雅歌》是這麼紀錄的：「我們早晨起來往葡萄園去，看看葡萄發芽開花沒有，石榴放蕊沒有；我在那裡要將我的愛情給你。」我將看見，葡萄在葡萄的園中，花也都開好了。

延伸閱讀

西蒙波娃，《西蒙波娃的越洋情書》，貓頭鷹。

沈從文，《沈從文家書》，臺灣商務。

鍾文音，《中途情書》，大田。

與我同行

——讀〈典論·論文〉

世路修漫，好長好長，總望不見盡頭。孤身行踏，千般風情，更與何人說？遷居到北城以後，課餘之暇，浮生偷閒，獨坐山窗之下閱報看書，終日無話。我以為自己已經習慣這樣生活，卻忍不住夜闌人靜蟲聲唧唧時刻，心頭一點詩思文情感觸興發，漫湧成狂潮浪蕩轟轟襲來，遂起身提筆想寫下些什麼。畏恐無人識，獨自暗中明，但閃閃爍爍，難道不是為了呼喚那人能懂你解你，適當時候評析回應你又提點你，一面真真切切心靈之鏡，相為參照的智慧之光？

獨學而無友，則孤陋而寡聞。人生樂事，莫過於進德修業有一二知己，既合作又競爭，不但是共歷人生相互提攜的同行，又是志業一致彼此砥礪的同行。我每每聽聞學生好才情，網路上架起部落格，作品能否付梓不必考慮，動動滑鼠貼上就是。雖在千里之遙，即看即評有如即開即飲，又不是輾轉謄錄一二人手中流傳，方便透了。他們也因此自然地有了某種虛擬的連結，你拱我寫，熱鬧得不得了。

但識貨的內行人都知道，根源於我們有些卑鄙的天性——雖然這麼說真是不道德——這些專供大鳴大放的有趣網誌，最好看的還是砲聲隆隆八卦流竄的留言版，擊長批幼，自相傾軋，比起從前流行過的鄉土文學論戰毫不遜色。俗話說「文無第一，武無第二」，無論有理沒理都得要爭一口氣，打打鬧鬧有時就變成真刀真槍，心裡到底什麼感覺，那可就難說得很了。當然還是那句老話：「文人相輕，自古而然。」

這句話出自曹丕的〈典論．論文〉。曹丕（西元一八七—二二六年），字子桓，是曹操的次子。建安年間，人才輩出，曹氏父子三人雅愛詞章，在他們周圍聚集了一大批文學之士，形成一個文學集團。其中最有名者七人，稱為建安七子，除孔融因為年紀輩分較高未及交往，其餘六人與曹丕皆過從甚密：徐幹、劉楨、應瑒做過他的屬官，陳琳、王粲與他時有詩賦唱和。

然而漢獻帝建安二十二年（西元二一七年），中原大疫。曹丕在〈與吳質書〉中說：

昔年疾疫，親故多離其災。徐、陳、應、劉，一時俱逝，痛可言邪？昔日遊處，行則連輿，止則接席，何曾須臾相失！每至觴酌流行，絲竹並奏，酒酣耳熱，仰而賦詩。當此之時，忽然不自知樂也。謂百年己分，可長共相保，何圖數年之間，零落略盡，言之傷心！

同年王粲亦逝，阮瑀則死得更早，建安文壇頓時冷落。曹丕傷懷故友，於是整理編訂其遺文，或許就是在這反覆閱讀編訂的過程中，他重新認識了七子各自的才性與文章風格，有了新的感受與體悟，從而建構了自己的文學理論，復動筆書寫了〈典論．論文〉。

《典論》原是一書，根據《隋書．經籍志》著錄，共有五卷，然而今已散佚，僅存〈自敘〉和〈論文〉二篇完整。在〈典論．論文〉裡，曹丕從分析七子的創作特徵出發，論述了對許多重要的文學理論問題的看法。他以為作家的才能各有所偏，而不同的文體各有其創作的特點。因此，對一個作家來說，往往只能擅長某一種文體的寫作，難以面面俱到。他融合了當時對於「才性」的研究，提出了「文以氣為主」的觀念，認為個人的秉賦氣性下貫於文章之中，形成殊異的風格，「不可力強而致」。

曹丕在文中明言揭櫫文章的價值，說是「經國之大業，不朽之盛事」，確立了文學獨立的地位，而不再是「載道」的附庸。他並且對於當時文學批評中常有的「貴遠賤近，向聲背實」，以及「文人相輕」、「暗於自見」等錯誤態度提出批評，希望批評者能夠「審己以度人」。〈典論．論文〉可以說是文學批評的里程碑，推動了風格理論和體裁分類，促進魏晉南北朝古典文論的繁榮，對純文學的發展有重要的影響。

然而比起著論成一家之言而欣喜，我想曹丕更會為了知交散亡而悲傷，他在〈與吳質書〉中說：「間者歷覽諸子之文，對之抆淚，既痛逝者，行自念也。」對七子創作的批評並非求全之毀，而是「但傷知音稀」，對這些知交所能做的，最誠摯的悼亡。

傅月庵在〈托爾斯泰的日本知己〉一文中引用魯迅對瞿秋白說的話：「人生得一知己足矣，斯世當以同懷視之。」說這是文人相重的註解，是生死同代，親身相與的。但朱天心在〈威尼斯之死〉裡面卻寫道：

原來「生不如死」，小說中的A，畢竟是真正的死了，所以無法再與B有任何聯繫了，然而真實世界裡和我一樣同在這城市活得好好的少年時代的好朋友，卻早與我音信斷絕，形同生死陌路。

我多麼害怕那樣的情境，故友音書絕，彷彿也與從前的自己告別，難道就只能像走進圖書館的鍾怡雯，嗅著上了年紀的書本宛如老人衰敗的體臭，與那些悠悠游出的書魂一起對話？但他們是只說不聽的了，即使眾聲喧嘩，也是一股脊背難忍的寒涼。

幸好打開電腦連上網路，收信匣裡有新信件，那人寄來了剛寫好的新文章，等待我的回應。我想我會馬上坐下來讀它。

延伸閱讀

傅月庵，《天上大風》，遠流。

朱天心，《古都》，印刻。

鍾怡雯，《垂釣睡眠》，聯合文學。

難言之隱

——讀〈出師表〉

有話想說的時刻，每每被迫無言。你斷裂，你沉默，你尷尬難堪。或許那裡有塊流沙沼澤，好端端的想法一踏入就滅頂，不知何年何月得見天光。但往往罪不在己，純是外在環境使然，原本思之想之以為出口即成錦句金言，但左顧右盼盡是耳孔緊閉，或者心思挪作他用了，讓人腳步錯亂招不成套，話到嘴邊硬生生吞忍下肚，嚴重內傷。

最害怕的是身後一群細網密織羅人於罪的專家虎視眈眈，平時好來好去普通朋友，逮到機會就抽你話頭截你句尾，讓一切扭曲變形成數字週刊水果日報刊載好精彩文章，再拿這話暗中相遞送，添枝增葉，把李太白月下獨酌搞成眾生喧嘩百官夜宴圖。想要出聲辯解，千難萬難，有如鐵鑄佞臣夫婦哪天抖落身上繩索起身說：「喂！你們搞錯啦！真正的罪魁禍首是我上頭那人啊！怎麼搞的綁我在這裡，千年不得翻身？」

不能翻身的時刻就想起諸葛亮。後主建興四年（西元二二六年），魏文帝曹丕病逝，子曹叡即位為明帝。消息傳到成都，諸葛亮認為北伐時機到來了，次年他領兵進駐漢中，準備出師北伐。臨行上表奏於後主，申明其理，自述心跡。隔年二度北伐，復上一表，與前表並為前後〈出師表〉。

兩篇〈出師表〉都被收入清初吳楚材、吳調侯選編的《古文觀止》，成為千古傳誦的不朽名篇。自古以來讀者莫不感嘆諸葛亮在文中表達出來的誓死伐魏、「鞠躬盡瘁、死而後已」的精神，甚至有人說：「讀〈出師表〉而不泣者，其為人必不忠。」與李密〈陳情表〉、韓愈〈祭十二郎文〉並稱三大墮淚文章，讀了非得眼眶潮濕不可。

他們相信人生情感必然有縫可以插針，刺到心頭軟肉都會疼痛難忍，不能不用眼淚來傾洩情緒。只是你的泥土地我的柏油路，不是下雨天同樣軟爛泥濘陷人車輪動彈不得，但大家都在這條路上倉皇奔走，期望路到盡頭一片天朗氣清，風雨過後捫心自問的時刻，還可以一派輕鬆坦然沒有道德壓力譴責，穩穩坐定細數經過風景的快意歡欣。

或許彼時諸葛亮也作是想。古來權力者最難相與，尤其白帝託孤之時，劉玄德指著後主劉禪對諸葛亮説：「君才十倍曹丕，必能安國，終定大事。若嗣子可輔，輔之；如其不才，君可自取。」雖然當下諸葛亮是涕泣回應：「臣敢竭股肱之力，效忠貞之節，繼之以死！」只是話語輾轉相傳，就有了千般解釋的空間，究竟是出自肺腑，還是別有用心，千古忠佞，只好悶聲不響一路埋頭做下去。

諸葛亮作了什麼？陳壽在三國志裡這麼評價他：

> 諸葛亮之為相國也，撫百姓，示儀軌，約官職，從權制，開誠心，布公道；盡忠益時者雖仇必賞，犯法怠慢者雖親必罰，服罪輸情者雖重必釋，遊辭巧飾者雖輕必戮；善無微而不賞，惡無纖而不貶；庶事精煉，物理其本，循名責實，虛偽不齒；終於邦域之內，咸畏而愛之，刑政雖峻而無怨者，以其用心平而勸戒明也。可謂識治之良才，管、蕭之亞匹矣。
>
> ——〈諸葛亮傳〉

能讓奉曹魏為正統的陳壽推崇至此，就像是奧斯卡非得把最佳導演頒給李安一樣，沒得比了。但這個世界畢竟不是作多少就能領多少，投資報酬成正比的理想市場，且不說分羹沾光蠅營狗苟，想要從中撈取好處一群人，光是眼紅心熱見不得人家好，應對奉承趁機加油添醋，有一個就夠受的了。更何況當時情況之艱難有所倍之，大臣李嚴、廖立、宦官黃皓等人都曾在諸葛亮背後說閒話，所以金聖歎批才子古文時也說：「此表所憂，不在外賊，而在內蠱也。」

諸葛亮畢竟不是司馬昭，手握大權恣意生殺，大筆一勾讓這些人輪迴投胎雖非難事，卻也絕非其儒家本心。能不能對得起自己、國家和歷史，遠比一時意氣更加重要。究竟該怎麼辦？既是受人之託忠人之事，還是得把問題還給上面那人，那麼該怎麼說才能在在不傷那人感情，就成為棘手的問題了。於是諸葛亮言稱先帝十三處，自敘身世講理動情，誠然是「三顧頻繁天下計，兩朝開濟老臣心」。然而，這樣就夠了嗎？

孔子說：「可與言而不與之言，失人；不可與言而與之言，失言。」他老人家希望人人都能是既不失言又不失人的知者，但你太瞭解明哲保身未必是這社會所加諸於你身上的期望。你想起從前在國中教書的日子，每每話說太多教人心懷怨懟。他們有各種手段試探你的耐心底線，陽謀陰行，明刀暗槍，天天跟你對著來：人前人後謠言耳語（或者污言穢語？），或者直接行動像車胎放氣、刮花烤漆，再不然就是有耐心煽動父母說這老師對我有成見讓我心裡「不舒服」，讓大人們電話裡問候你父母一切平安……這一切只是技術層面的問題。

那麼，底線何在？諸葛亮所憂之內蠱，舉親信代之可也；你所面對的內蠱，包括網咖複雜的人際結構、校園幫派暴力的糾葛、破碎家庭內建的自棄心理，以及最重要的，青春期無處不在的叛逆無名火，又該到何處去尋找「親信」取而代之？日夜照看，該要交給守護天使，然而當父母都已遺忘自己的責任，天使終也折翼，只好笑笑說凡事皆有前定，永言配命，自求多福也。

到底還是得說下去啊！只是話到盡頭，墨水與淚水俱下，憂懷溢之於言表，這時刻，會不會也想起當初離家出外奮鬥之日對家人所說，當功成之日，亦即歸隱之時？結果是漢祚難復，星殞五丈原，恰應了〈後出師表〉中所說「成敗利鈍，非臣之明所能逆睹也。」

即使能「逆睹」又如何？特洛伊戰爭木馬屠城，祭司勞孔說出真話，諸神便送來大蛇兩條將他們父子三人活活纏死；能預言未來的卡珊德拉所受的詛咒，卻是所說的話無人相信。預言者總被當成瘋子，而瘋狂者未必能有真知——特別是那些手握權柄的人。

你瘋狂嗎？此事難知，你唯一明白的事情是，人們在學會說話之後，還得學習如何才能不說話。而為人師者如你，最多只能閃爍曲折，哪怕一生都難逃詛咒，也只好當成宿命了。

延伸閱讀——●

羅貫中，《三國演義》。
赫米爾敦，《希臘羅馬神話故事》，志文。

給春天一個解釋

——讀〈蘭亭集序〉

花都開好了的時候，他們走向春天。在擾攘的時代中，他們走向豐潤的人生園林。那是東晉穆帝永和九年（西元三五三年）的暮春，抬頭看是宇宙浩瀚廣大，俯視則是萬事萬物萌發生機。他們在好山好水之中舉行修禊儀式，談讌，喝酒，寫詩，為春天這部經書作箋注。

那是英姿瀟灑的王羲之，在動盪的時代裡找到一個向生命追問的儀式。最美好的季節，遇見最美好的一群人，那是怎樣的一種幸福。〈蘭亭集序〉記錄了他與支遁、孫統、孫綽、謝安，王氏親族等四十一位文人的活動。漢魏以來就有修禊的風俗：在花草爭茂送香時節，古人採之以沐浴洗濯、祭神祈福。修禊原本訂於每年三月上巳日舉行，魏晉以後則固定在三月三日。本來只為了潔身祭神、祓除不祥，後又逐漸轉為曲水流觴、飲酒賦詩的野宴雅集。修禊禮後，他們各詠四、五言詩。眾人公推王羲之撰述蘭亭飲宴詩集的序文。王羲之當時已有幾分醉意，拿起鼠鬚筆，在蠶繭紙上，隨意揮灑而就。那些字逸態橫生，悲欣之情亦隨之出焉。

王羲之書法體勢「飄若浮雲，矯若驚龍。」〈蘭亭集序〉字跡簡勁遒媚，在美的歷史裡已經不朽。千古風流人物有時被淘洗乾淨，但是心靈與藝術的美好卻可以歷久彌新。我們會記得其間一撇一捺，行雲流水的筆畫，以及箇中心情的周折、對人生的把握與理解。

原本是良辰美景、賞心樂事，該要觴詠不絕的，然而耳目視聽之娛倏忽牽動心中最深處的傷感。那感慨其來有自。羲之與當時文人一樣，愛好服食養性。越是逆亂的時代，人們對美好的事物越是渴望。時代氛圍點染，物質精神一併講究，晉人對美的要求有自己一套準則。西晉末年，胡人相繼攻陷洛陽、長安，懷、愍二帝被俘遇害，晉王室遷都建康（今南京），王、謝等姓世家大族，亦渡江南下，浙東一帶，自是人文薈萃。某些品味保留了下來，成為一種認證，一種身分與品格的認證。

他們都是有故事的人。在人生長河裡，歷史的洪流中，他們從幸福感受到無常，從紛亂體驗到美的信靠。嗜美成癖，於是要從普遍中找個性，從剎那裡找永恆。生命的歡悅，正在於有故事好說，正在於自己能夠給生命一個說法。唯有賦予意義與解釋，這人生才值得一活。然而修短隨化，每一代人不都問了同一個問題，意義何在？果有意義否？若有，意義安在哉？

意義一事，言人人殊。活著與在著，終究不同。有些人活著，卻只能蠅營狗苟，始終無法真確的體認存在。有些人在著，卻無法忍受只是活著的徒勞。這是海德格的老話了，說生命乃是向死而生，唯求能夠詩意的棲居。泰戈爾則說，生命如同渡過一重大海，向著彼岸各奔前程。王羲之面對崇山峻嶺、茂林脩竹，在最快樂的時候嘆了氣。

在春天，何事何物不美好？但就生命本身來談，似乎不是那麼一回事。現代醫學中亦說春瘟，春寒料峭最要小心傷風、心血管疾病突襲。有春一季，精神躁鬱疾症也最是好發。在種種美好底下，似乎隱伏了殺機，教人不得不防。春氣原本熙和，有生生化育之功。經過王羲之一嘆，便點出了死生界限。他們吃吃喝喝確實是快樂的，但快樂的盡頭是什麼？生命的盡頭又是什麼？所以他說：「向之所欣，俛仰之間，已為陳跡，猶不能不以之興懷。」終期於盡的生死關口，才是他注目的焦點罷。

魏晉風流人物性喜清談，《老子》、《莊子》、《易經》謂之三玄，是他們講談的重心。關於生命這檔事，王羲之這樣批駁了莊子：「固知一死生為虛誕，齊彭殤為妄作。」莊子逍遙超越，齊一死生物我，在王羲之以人情之常看來，實乃胡說。羲之歸諸人性本真，喜怒哀懼的天生，透露了實情實感。貪生而惡死，映現了最脆弱的我們自身。

我不免想起金庸的武俠小說，《倚天屠龍記》裡張無忌與小昭受困於明教光明頂祕道，幾乎是窮途絕路。（那真是一個關於人生出路的絕佳隱喻！）小昭此時卻輕輕的唱起歌：「到頭這一身，難逃那一日。受用了一朝，一朝便宜。百歲光陰，七十者稀。急急流年，滔滔逝水。」憂患人生，在此被說得輕易了。好不容易他們脫困，人生果真是吉凶相參。其後便是我最喜愛的情節，光明頂一役。生死兇險、乾坤挪移，讓命運與意志各有顯現。受到六大派圍攻，灰心絕望之際，明教徒眾是這樣誦念經文的：「生亦何歡，死亦何苦？……喜樂悲愁，皆歸塵土。憐我世人，憂患實多！憐我世人，憂患實多！」

面對此在，憂患實多。湯顯祖《牡丹亭》最精彩的遊園驚夢裡，杜麗娘春日遊園賞花，在爛漫光影中不也暗暗感傷：「原來奼紫嫣紅開遍，似這般都付與斷井頹垣。」

原來萬事萬物存在著惘惘的威脅，我們不明所以，如同霧中尋路。余德慧在《生命史學》中說道：「只有當我們回顧過去的時候，我們才產生現在的知識。」鑑照著前人所思所感，我們對一己的存在，似乎擷取到片段的靈光。

關於這生命，再沒有比里爾克說得更好的了：「那些久已逝去的人們，依然存在於我們的生命裡，作為我們的稟賦，作為我們命運的負擔，作為循環著的血液，作為從時間的深處生發出來的姿態。」王羲之說：「後之視今，亦由今之視昔」，所以引發感懷，那些情境都是一樣的啊。

沒有什麼不一樣的，死生亦大矣。沒有什麼不一樣的，我們終究是在同樣一條路上，想著一樣的盡頭而已。唯求在生命春光朗現處，給自己一個解釋，給無邊的春天一個解釋。

延伸閱讀

余德慧，《生命史學》，心靈工坊。

金庸，《倚天屠龍記》，遠流。
湯顯祖，《牡丹亭》。

桃花源頭一座山

——讀〈桃花源記〉

一張沒有烏托邦的世界地圖是絲毫不值得一顧的。

——奧斯卡．王爾德（Oscar Wilde）

一條路，漫漫向前去，帶你到某個地方，某個地圖未曾記載的地方。你甚至不能確認它是否真實存在，你只是往前走，跟隨自己的腳步，因為你心知肚明，如果不向前而停留在這裡，你必會倒地死去，長起一片春華爛漫的山林，那時節，你又是別人心中的祕境了。

當身外的世界變動已至無法安居，生命不能按照天年完成預設的旅程，這條路曲曲折折，要帶你去哪裡？義大利情人帕吉歐唱著「IL MONDO,non si è fermato mai un momento.」，說這個世界一刻都無法停止轉動，你不過也是身骨輕盈宛若木棉鬥風，鬥人性的險惡貪婪，鬥那些無法自主又不得不面對的事，像是老舍的駱駝祥子，像是余華的福貴。

史書所載如煙過眼，雖有戰爭，不過是遠天裡閃爍的花火，新聞裡一閃即逝的畫面，輕薄無重量，關上電源就消失。你無法想像那樣的生活，但你知道故事往往是現實人生的變形，有人真實存在過，經歷著那樣的經歷。他們無比厭倦，但不得不忍受五濁惡世裡無處不在的傷害與死亡，只有心生許多不明就裡的想望。他們想望，何其單純，而且美好。

西元四二〇年，劉裕篡晉，國號宋，改元永初。這只是南北朝紛亂政局中的一朵微小波瀾，隨即被其後更大的政治事件所掩沒。那時節，手握兵權者無不覬覦大位，北方胡人更思南下牧馬，整個天下都在相互算計，機謀巧詐無所不施。這年陶淵明五十六歲，距離他決心辭官歸隱已經十五年了。在這十五年中，他遠離政治，過著躬耕自給的貧困生活，身體的勞動換來的是心靈的安適，卻無法抗拒聽聞世界改變的訊息。他在〈擬古〉詩的第九首裡寫道：「種桑長江邊，三年望當採。枝條始欲茂，忽值山河改。柯葉自摧折，根株浮滄海。春蠶既無食，寒衣欲誰待？本不植高原，今日復何悔！」詩中隱晦的批判了晉室的滅亡，但仍充滿著對於黎民百姓的憐憫。春蠶無食，寒衣誰待，大約也就是在這個時期，關於桃花源的想像開始成形，最初可能只是一個念頭，隨著時間慢慢茁長，終於到了不寫不快的時候。

根據陳寅恪在〈桃花源記旁證〉一文中所言，當時西北百姓為避戰亂而築塢堡以自耕食，陶淵明從義熙末年跟隨劉裕征後秦入關的故友之處得知其事（他四十歲時曾任劉裕鎮軍軍府參軍），而這些事情終究成為〈桃花源記〉的素材。永初三年春，陶淵明提筆書寫他的桃花源，那是一個上承老子「小國寡民」理想的素樸世界，簡單的農業經濟制度，無比純真的風土人情，減至最低的人生慾望，短短數百字，完全一幅印象派烏托邦速寫——也只能是畫境了。

一千年後，湯馬斯．摩爾的《烏托邦》高舉著經濟平等與社會公義的理想出現，細細描繪了這個理想的國度該有的政治經濟制度，開啟了人們無與倫比的想像力，前仆後繼地跟隨他所標舉的大纛。一篇又一篇的烏托邦小說現身於世，而產品本身也持續改良的工作：祕境之說隨著地圖開發盡而告罄，作者目光的焦點開始轉向未來的時空，反正一切本是烏何有，興之所至，筆之所至，又有什麼關係呢？你看著人們秉持著對於幻想與虛構的愛好，創造出數不清的故事，越是現代，越是荒誕離奇。他們有時弄出《回到未來》那樣不虞能源匱乏，大家都可以駕車飛去上班的世界，有時卻搞出《一九八四》的老大哥來恐嚇你，然後再給你《關鍵報告》裡的「罪行預知系統」，向你宣示你的未來已經決定了——在你自己決定以前。

但你相信其中一定有什麼神祕的連結，在此岸與彼岸之間，在你攀登的這座山與下一個山頭之間，必有一座看不見纜索的吊橋，引誘你往虛空中伸足試探捷徑在哪裡。有些人對於盲目摸索深具戒心，有些人卻不作是想，他們通常具有崇高的理想性格，服膺信心可以移山的教誨，對於實踐信念這件事情勇氣十足，渾不在意這些充滿著熱情的念頭乃是從三十歲不到的腦袋裡長出來的奇花異草。（大家都知道你說的是當年在大英圖書館裡面草創共產主義宣言的那兩個小伙子了！）

然而世界畢竟不是一座巨大的實驗室，人生也不是能夠反覆重來的實驗過程，你看著這些汲汲營營窮盡畢生心力，但老是在生前死後被罵到臭頭的夢想家，不禁要呼出胸中一口涼氣。插手管這個世界的閒事總沒有好下場——更何況是那些沒資格作夢的人。

每個人心裡都有一個斷背山，只是你沒有上去過。往往當你終於嚐到愛情滋味時，已經錯過了，這是最讓我悵然的。

——李安

向外尋索終有盡，你想，過於龐大的命題只會讓人心生疲倦，更何況政治往往讓人妄自尊大，反而忽略了身為一個人的本質，如同蘇格拉底所說的，只是在追求某種幸福。人生到頭總難以簡單幾句話概括，但你以為提煉再提煉，濃縮再濃縮，剩下來的也不過就那麼幾個字，彷彿能夠一眼看穿，但送進嘴裡品嚐就是五味雜陳，說不出一股味道引人落淚。

黃碧雲說，由失去，理解存在。如果追求桃花源的心願等同於某種幻影的一再重現，你確然是在攀爬心中的那座山，山路迢遙綿延曲折盤旋，遠遠望去彷若有燈火纏繞著夜闇夢境。你知道這無關乎抵達與否。如果真有所謂的終點，那必然是在夢裡，而不是眼可觸手可及腳步可以勘履的某個地方。你想，樂園之所以能夠成為樂園，絕非因它是天堂的某種具體形象，而是因為它無法為你所擁有，遙不可及，所以才有追求的價值。

從此相信，你想，只好一追再追。

延伸閱讀

安妮．普露，《斷背山》，時報。
黃碧雲，《媚行者》，大田。
喬治．歐威爾，《一九八四》，志文。

他們是這樣說的
——讀《世說新語》

每一個歷史時空、每一種文化情境，都有著不同的表情。如果想要理解一個時代的精神，最快也最容易的方式，大概就是看看那些「當代人」究竟說了什麼、做了什麼吧。古人的音聲笑貌，我們無法親睹，只好求諸文字記錄，藉由想像，與他們同遊。若是百代以後，也有人想要理解我們，途徑可就多了。與時俱變的聲光媒體足以收存種種生活面向，成為一部部時光檔案。用相機、攝影機來寫日記，人生的切片可以數位化的時候，我不知道思想與情感的溫度會不會也有了數位的軌跡。遺忘持續進行，各種媒體也成為我們與之抗衡的最佳武器了。

我的父親很早就過世，我與他相處僅有六年的時光。上小學以後，我的父親、我的家庭這一類的作文題目令我困擾又痛恨。要從記憶裡找材料，不是一件容易的事。

要以想像開筆，我卻無法虛構什麼。父親的身影因日久年深而逐漸淡化，在我不曾試圖記取的時候，便已經開始一點一滴的忘卻。因著他的不在，我益發察覺到他的生命，曾經在。親人的不在場，每每讓在場者避談自己所知曉的部分。我們習慣了忽略，習慣了不去提起，以為這樣人生可以過得輕易一些。我不免懷疑，我們究竟在害怕些什麼呢？面對實事本身，真的這麼困難嗎？於是我只好偷偷翻找出一小疊相本，看見一個男人抱著幼稚的我。那就是父親了。他的眼神溫柔，像一株樹擎住天空，給我一片濃蔭。那就是父親了？血肉業已消無的他，只存一幀幀發黃的形影，留給我、留給這世界做紀念。

當然不只有這些。我唸國中時熱中收集流行音樂卡帶，於是總稱呼這段歲月為卡帶時期。那些磁帶陪著我，用聲音充滿了我孤夜讀書的青春時光。非常偶然的，我有回神智昏昧，將一卷帶子放進卡匣播放。裡頭傳來清晰可辨的諸多女聲，包括我的祖母、母親、四個姑姑，好熱鬧的在說笑。間或有小孩的哭聲與低沉的男子聲嗓，不用問也可以猜到，那是我與父親的命運交響。用這種方式體驗父親，我忽然覺得世界真神祕。

後來那卷帶子不知去向，我再也聽不見那段時光的任何殘餘。沒曾探問過它的下落，就當它是一艘沉船，永遠沉積在記憶最深處。這未嘗不是件好事。沒有殘骸、沒有線索可尋，但我確知它迎著風張開帆的樣子，那就足夠了。

在某個談話節目裡頭，主播岑永康自爆特殊癖好。或許對已經成為過往的美好往事極度眷戀，他閒來無事便喜歡反覆觀賞自己結婚時的錄影畫面，百看不厭。心動神搖之際，還會自顧自的微笑。人生中的重要時刻不能重來，而這些影音檔案卻可以一再地召喚記憶。看著看著，就有了回到過去的錯覺吧。

好友孫梓評在《飛翔之島》中用相片、文字呈現他所知道的這座島嶼。我常常駐足棲止的地方，被他說是「瑞穗爾雅，花蓮詩經」。他用溫柔敦厚的眼神看待土地，土地自然為他流出奶與蜜。走過就留下痕跡，我們都喜歡花蓮市區的一家小咖啡館，外籍老闆的義大利麵尤稱一絕。可惜啊如今成為廣陵絕響，那館子幾年前收了，再也不見蹤跡，只能在梓評的文字中安靜的占據一角了。每當我重回那條街，我就會想起咖啡與食物的氣味，以及不同人在同一個地方對我說過的話。

那可能是種時空交錯的快意。我在理解自己已然不在現場的時候，正可以強烈的知覺那些「在場」的一切。每一種人生（或說每一個人的人生），都是一項偉大的行動藝術。這藝術屬於時間，可一不可再。不管用什麼載體記錄下來，都已經是複製。不過即使如此，曾經發生過的事在複製品上頭重又散發光澤。當我們面對品嚐，滋味便又不同。

我很喜歡《世說新語》裡王子猷雪夜訪戴安道的敘述，那樣的情感有如風中的訊息，迢遙而清暢的傳達給我。果然是風流人物，為著一時的高興，是什麼都可以的：

王子猷居山陰，夜大雪，眠覺，開室，命酌酒，四望皎然。因起彷徨，詠左思招隱詩，忽憶戴安道。時戴在剡，即便夜乘小船就之。經宿方至，造門不前而返。人問其故，王曰：「吾本乘興而行，興盡而返，何必見戴？」

超脫了現實，越過了功利，王子猷只是想到了別人，也看見了自己。於是雪夜行舟，去向該去的地方，自然而然的掉頭回轉。

時代精神與各種人物典型在《世說新語》中畢現，它屬於筆記性質，是魏晉南北朝時志人小說代表，由南朝宋劉義慶召集門下文人編撰。內容分為德行、言語、政事、文學……、仇隙，共三十六類。全書凡一千多則文字，每則長短不一。當時隨筆記下的，現在成為我們想像那個時代的重要依據。其內容主要反映了一代風流人物的日常生活，以及「清談」究竟在談些什麼。

看到《世說新語》所記下的那些人、那些事，我猜想書寫者的心情一定是這樣：因為心有所愛，所以不忍看這世界傾頹荒蕪。他們耽美且有品味，他們樂於用直接或曲折的方式說出來。要讓以後的人知道，他們是這樣說的。

生命是不斷的遇見與失去。我已經失去了許多他人對我說過的話語。我的眾多卡帶，因為播放機器淘汰、毀壞殆盡，今已不能再唱矣。但我記得葉倩文在我青春期時激昂的唱著：「紅塵啊滾滾，癡癡啊情深，聚散終有時。留一半清醒留一半醉，至少夢裡有你追隨。我拿青春賭明天，你用真情換此生。歲月不知人間多少的憂傷，何不瀟灑走一回。」

與生就有牽絆，要逍遙自由、要瀟灑無羈，談何容易。生命中所有的「他們」與我，兩相遭逢。那孤獨又集體的，命與運的故事，《世說新語》裡已經先為我們演繹過了。

延伸閱讀

孫梓評，《飛翔之島》，麥田。

漢娜．鄂蘭，《黑暗時代群像》，立緒。

張超英口述、陳柔縉執筆，《宮前町九十番地》，麥田。

加斯東．巴謝拉，《空間詩學》，張老師文化。

為春天寫一首歌
——讀〈春夜宴從弟桃花園序〉

冬暖春寒，新年的開端，一切都反常，感覺這世界正以極其枯燥而又暴烈的方式向人間抗議，抗議一些容易在爭論之中淪失焦點的話題。我披上長長的圍巾，看窗外細雨綿密，就這麼無休無止地下著，下到架上書頁受潮翻浪，一本一本側面看去像極了地層褶曲的模型，也就無心翻書閱讀，只得這麼坐著一下午。

春天總是這樣，大概每到了固定的時間，等氣候溫濕各種條件都成熟的時候，就得重新經歷一次懶病發作，感覺世界實在無味透了，這個肉身不過是泡在潮濕空氣裡等待黴菌偷偷摸上來作怪的一大塊海綿，轉身就可以擰出一灘水，照見自己宅男一樣不事修飾的邋遢外表，然後還轉回去這麼坐著，繼續吸水發漲。

這座房子東北側雖然有大片玻璃採光，但方位不佳，室內總是昏暗幽闃，時間彷佛不存在，不像之前一整年住在碧潭山上，總會有山色提醒現在幾點是什麼季節。同樣是春天，如果早晨無雨，山色總是明亮溫潤，過午之後一切就漸轉濃重，山腰那間寺廟邊緣開始模糊，直到一日將盡，大概也就是那樣的感受——不過都是過去式了，像現在這樣日子過得不清不楚迷離恍惚，往往讓人害怕，好像不盯緊時間不行……於是一天到晚跟那個長了指針的小方盒子對望，目光追隨針尖的移動，只是時針的轉動總難以察覺，分針約略可知，大概一個人看東西看傻了，也還能體會一點什麼。但在紅色秒針一跳一跳之間，我往往感覺一股強烈的憂傷如潮水，漫過整片心緒的沙灘，先前所思所想所留下的痕跡腳印，忽然全都不見，只剩空蕩蕩無人理會難堪的沉默。雖然也還是坐著，卻是被沙發深深吸入陷落，再也站不起來的坐著了。

往往茫然。

他們說，春天有時是這樣的。哲學家海德格曾經引述過一個寓言，說女神「煩」某日將一塊黏土捏成人形，請來朱庇特大神賦予此物靈魂。但事成之後，二神開始爭奪人的歸屬，連土地神都來分一杯羹。只好請農神來裁判。農神說，人的靈魂來自於朱庇特，身軀來自土地，但這形象卻是由「煩」所造出的，所以人死後靈魂歸天，身化塵土，但只要他活著，「煩」就可以占有他。

是以操煩，並且深深感覺再無逃脫的可能。其實就算想逃，能逃到哪裡去呢？白晝時光從指間流逝，流年暗中偷換，找不到一個可以稱為家的所在，只好讓心漂流在時間動盪的海洋上，像一艘無桅之船，默默祈禱登岸的時刻到來，在港灣的繁密燈火之中，望見那個可以回去的地方。那時候，會不會聽見杯盞相觸之間，傳來一陣爽朗的笑聲，恣情縱性的吟唱著：「夫天地者，萬物之逆旅；光陰者，百代之過客……」

那是開元二十一年春天的某個夜晚，李白在安陸兆山的桃花園宴請他的堂弟們，春花滿盛，明月清輝；席間羽觴交遞，高談開懷，彷彿此生最好的時光。於是李白提議該來寫詩紀念一番，眾人興沖沖備妥墨硯紙筆，各自抒發歡快心緒，而由李白總成一序。他或許輕輕笑著，微一沉吟，起心動念處，大筆一揮而就——又或許他只是輕輕嘆了口氣，心中思緒萬端，久久不能落筆？

早在李白之前，王羲之已在〈蘭亭集序〉裡寫道：「當其欣於所遇，暫得於己，快然自足，曾不知老之將至。及其所之既倦，情隨事遷，感慨系之矣。」而王勃也在〈滕王閣序〉裡這麼寫：「天高地迴，覺宇宙之無窮；興盡悲來，識盈虛之有數。」詩酒相會，總是既喜而復悲。我不禁想起朱天文所說：「幸福的時刻，我每每感覺無常……」

對於生命本身的限制，漢代的詩人們早有深刻的感受，那種無端端的恐怖，使他們寫下：「生年不滿百，常懷千歲憂。晝短苦夜長，何不秉燭遊？」難道漫漫長夜除了酣豢遊樂，再無解套的方法？古希臘伊比鳩魯學派的哲學家們認為：人們只有通過有節制的享樂，度一種寧靜的生活，才會得到精神上的愉悅。但他們最初也只是冀望人能解除對諸神及死亡的恐懼，不料其末流一樣淪入享樂主義的困境，我們憑甚麼信誓旦旦，認為現世可以安穩，而心念終不飄移？

啊詩仙李白，他也只是將進酒杯莫停，與君歌一曲，把生命寄託給詩與酒，如同此刻的我一邊聽著馬勒的《大地之歌》，一邊小口抿著百齡罈陳年威士忌。男高音先是歡快地唱著〈青春之歌〉：「朋友們身著華衣，在小屋中／圍坐歡聚，暢飲，談笑；／有些人正在寫詩。」忽又唱著〈春之醉客〉：「生命若只是春夢一場，／那又何苦如此地操勞煩憂呢？／我終日舉杯縱酒／度過這漫漫長日。」

這不都是李白的詩句嗎？我知道馬勒寫作這部作品的時候雖才四十九歲，但已自知命不久長：醫生剛剛宣布他有嚴重的心臟病，隨時可能發作。他在給弟子華爾特的信中寫道：「沒有一個年輕人相信有朝他終會死亡……我現在正面對一片虛無，同時在這生命的終期，必須重新學習如何走路與站立。」

我聽見歌者唱出對死亡的疑懼，對生命無常的憂傷，對青春的戀慕，對自己命運的悲嘆，那是馬勒所想表達的一切嗎？

電影《美國心，玫瑰情》裡有這麼一段話：「我們要學會珍惜我們生活的每一天，因為，這每一天的開始，都將是我們餘下生命之中的第一天。」時間，時間從來就是緊迫盯人。面對那惘惘的威脅，所有編造的華美字句都要摒退到信念後面，如同存在主義一直要提醒我們的那樣，你得正視活著的此刻，並且老老實實做些甚麼，讓自己不生後悔。

我於是坐到書桌前面，輕輕寫下一行破碎的詩句：「此刻，為春天寫一首歌……」

延伸閱讀

馬丁．海德格，《存在與時間》，桂冠。

鄔昆如，《西洋哲學史》，正中。
周化，《馬勒：十九世紀最後的浪漫主義代表》，世界文物。

站在高崗上

——讀〈師說〉

我一直以為自己居住在時間凝滯的國土之上，像是某種堅固到可以抵抗風化的礦物，像我曾經教導過的那些頑強的小石頭，悍然拒絕成長。美好的青春是上天賜予他們的禮物，讓他們築牆抗拒看不慣的一切，讓世界斷裂成兩個部分。往往，上課前中後，身旁突然安靜下來的時刻，我會意識到宛如夢境一般的，當下的這個人生，充滿了德勒茲所說的：「以不同的角色演出充分而完全的戲劇」，從而感到一種屬於寂滅的，難以言喻的荒誕感受。

我想起曾經唱了四年的師大校歌，「教育國之本，師範尤尊崇」，當初那些熱切的心念與誓願，到底被哪些事情暗中偷換，變成虛無的話語？我記得那樣的時刻，國中校園裡，身為導師的我帶著被全班排擠的他一起在校園裡種花，告訴他修補同儕關係得由自身做起，成績可以輸，但做人不能輸。然而隨著植物一一枯死，他蹺課逃家恐嚇偷竊，一樣一樣都做了。母親不想再讓他藉由通勤的機會接觸那些人，只好讓他轉回鄉下的學校。轉學以後，再次聽見他的消息，卻是輾轉從輔導主任口中傳來的——他在少年觀護所裡，開始學習如何在社會底層生活。我眼睛乾乾的，沒有淚水，不煽情。

因此也常常想起孔子，想起蘇格拉底，也想起加利利的耶穌。他們各自以獨特的方式理解了人生，洞見（或發明）了我們如今熟悉得像是父親教訓時老掛在嘴邊的那幾句口頭禪一樣的真理，然後人們就自動自發圍攏過來聽他們說話，執弟子之禮，奉師門之教，變化氣質，成就新生。我不禁要問，這究竟是怎麼辦到的？這問題或許該去問問韓愈，他可能會有解答。

唐德宗貞元十八年（西元八〇二年），十七歲的少年李蟠不顧當時的社會風氣，求學古文於韓愈，韓愈「嘉其能行古道」，寫下了〈師說〉這篇文章相贈，文中引經據典，批判了士大夫恥於從師問學的心態。當時韓愈三十五歲，在國子監任四門博士，仕途雖不順遂，但提攜後進不遺餘力，當時學子多投奔在他門下，經過他的指點獎掖，往往知名。隔年李蟠中舉，韓愈轉任監察御史，卻因上書批評宮市而觸怒德宗，貶為陽山縣令，從此宦海沉浮，屢經播遷。

這是前中年期的韓愈，一心以興復儒學為己任。他以為老師的責任在於「傳道、授業、解惑」，是先王之教的仁義道德。他所要對抗的是六朝以來尊崇佛老的風氣，想要恢復的是兩漢以上儒者稱師的傳統，期望能輔佐明主，開創事功。但孜孜矻矻十餘年，終究累了。憲宗元和八年，他四十六歲，重新回到國子監教授學生，他在〈進學解〉裡假借學生的口吻這麼說自己：

> 公不見信於人，私不見助於友。跋前躓後，動輒得咎。暫為御史，遂竄南夷。三為博士，冗不見治。命與仇謀，取敗幾時。冬暖而兒號寒，年豐而妻啼飢。頭童齒豁，竟死何裨！

雖然他說「投閒置散，乃分之宜」，然而性格決定命運，或許他早就預見了未來。元和十四年，他上書諫迎佛骨，觸怒憲宗，於是「一封朝奏九重天，夕貶潮陽路八千」，遷謫南荒。直至穆宗即位，才召韓愈回京師，重入國子監繼續教育工作。這時韓愈已經五十多歲，離他人生的終點五十七歲，只剩下幾個年頭了。

我一直以為自己居住在時間凝滯的國土之上，然而許多年過去了，許多事也過去了，我才瞭解這世界並不存在靜止、單純、完美，日中則昃，月盈則缺，最好的時光從來只是一瞬間。當三十五歲的韓愈反覆申說從師問學的重要，他是多麼相信這一切啊！柳宗元這麼評論這件事：

> 今之世，不聞有師；有輒嘩笑之，以為狂人。獨韓愈奮不顧流俗，犯笑侮，收召後學，作〈師說〉，因抗顏而為師；世果群怪聚罵，指目牽引，而增與為言辭。愈以是得狂名。
>
> ——〈答韋中立論師道書〉

原來當時的人們也不信服他這一套，稱他是狂人；孔子「如喪家之犬」，受困於陳蔡之間；蘇格拉底飲毒芹，一杯春露冷如冰；耶穌對抗這世俗的一切，聖殿中的拉比卻將他送到十字架上……不想聽人說教原來會有這麼激烈的反應，或許我應該要覺得舒服些？

唐諾在《文字的故事》裡這麼說：「人站高處，會忍不住駐足而望，這好像是某種人的本能，也因此，幾乎每個此類的觀光景點都會設置瞭望台什麼的，甚至投幣式的望遠鏡，看得更遠。」然而還沒站上那個位置，望遠鏡又有什麼用呢？《聖經》裡的〈雅歌〉是這麼寫的：「不要驚動，不要叫醒我所親愛的，等他自己情願。」若不是心甘情願，只是在一個因時適造、因地制宜的制度下，變成強迫中獎要你買單了，最初的精神也就變成某種天方夜譚，而教育也就成為一種神話了？

但我想起《倚天屠龍記》裡面一段故事，少林空見神僧為化解金毛獅王謝遜的殺業，不惜以性命相殉，身受謝遜一十三拳。他死前有個心願：「但願你今後殺人之際，有時想起老衲。」或許我應該相信這一切只是時間早晚的問題，在流動的時間中事物的真相會依次顯現，那時我們種下的種子不曾死去，如此，追尋就有了意義。

諾貝爾文學獎得主大江健三郎這麼說：

所謂的老師……並不是一個知道怎麼去教未知者的人，而是可以把學生心中的某種問題，重新再創造出來弄清楚，以此為工作的人。……

他們所專擅的事情是把人們心中壓抑著，阻礙對真知更了解的各種力量，將之破壞。這就是為何老師要比學生問更多問題的理由。

——《為什麼孩子要上學》

等到站在高崗上，面對天地廣漠，想看得更遠的時候，他們就會知道了。

延伸閱讀

唐諾，《文字的故事》，聯合文學。

大江健三郎，《為什麼孩子要上學》，時報。

盛浩偉，《名為我之物》，麥田。

翁禎翊，《行星燦爛的時候》，九歌。

悶

——讀〈始得西山宴遊記〉

哪裡都不想去的時刻，正好是氣象局發布大雨特報的這幾天。起床時已近中午，心緒散漫懶怠，既倦又悶，遂窩在沙發裡面發呆，想像遠方發生爭執，明日靜默無語，昨日已死的種種懊悔又重新活轉，連篇累牘地重述，把自己打成現世存在最無力的操煩——煩什麼？煩時光飛殞，一事無成，兩個月的暑假就這麼過完了，即使我知道這大概是某種週期性的憂鬱作祟，但哪裡有一顆小藥丸可以給自己光亮無遮蔽的空間？

一切計畫都沒有著落，一切想當然爾的事情全都沒發生，這世界好像只有自己一個人居處在時間之外，悠悠乎與浩氣俱而莫得其涯。然而它從不放過任何一人，總是藉著身外某些物象來打擾提醒，像忽然遁隱的日光，把我閱讀的眼睛從書頁黯淡的字跡裡拉開，然後自動報時的機械人聲大聲宣告現在是下午兩點，溫度攝氏二十七點五度。我聞到一股潮濕的氣味，悶悶的，重重的，心想，該不會是要下雨了吧？

山風四起，雲濤聚合，直潭淨水廠方向的幾座山頭逐漸模糊，只有山頂一間寺廟三根黃旗隱約可辨。大雨應當就從那裡開始下起，卻沒意料到它竟來得這麼快，瞬間吞沒了整個盆地。我趕緊離開沙發，把客廳的落地窗關上，怕雨水濺進室內還得拖地。眼前一道青白電光閃過，分枝歷歷清晰可辨，忽然半空中一聲焦雷炸響，遠近汽車警報器一陣騷動，像是哪裡真有敵人大舉入侵這座城市，全都瘋狂嚎叫起來。跟著雷電環起，大軍壓境，砲火猛烈的程度超乎我所能想像。我只能坐回沙發，一面默數，短短一個小時裡，雷聲大作五十幾次，轟炸行程幾乎排滿了每一分鐘，結果是不停的耳鳴。

大雨和雷電隔絕了外面的世界，空氣潮濕到肺裡有如積水不退，家具上恣意亂冒的黴菌讓人體膚發癢，昏昧的天色似乎沒有轉亮的可能。「一切都淪陷了，沒有人能夠離開，」我喃喃說，該要這麼寫下來的：「被困在這裡，在這個身體裡，是怎麼也離不開的了。」

他一定也這麼想過，不然不會寫下這些文字。只是他後來好幸運，就這麼逃了出來。

唐德宗貞元二十一年正月（西元八〇五年），順宗即位，改元永貞，以王叔文為首的政治集團在新皇帝的支持下進行政治改革，史稱「永貞革新」。身為集團的中堅分子，柳宗元積極參與各項革新工作，一時踔厲風發，亟欲有所作為。然而只要是革新運動，必然會引來保守勢力的反撲。八月，順宗因病退位，保守勢力大舉清算政敵，王叔文被殺，永貞革新宣告失敗，前後僅僅進行了一百六十四天。其後參與改革者皆為放逐，而柳宗元先是貶為邵州刺史，途中追貶為永州司馬，不讓他握有任何實權。這年，他三十三歲，開始學習過一種全新的生活。

元和四年（西元八〇九年），距離柳宗元成為政治犯，已經是第四年了。這四年中，他經歷了人生巨大的起落，母親病逝，家室無著，孤身寄居在龍興寺，內心憂懼憤懣無端。舊唐書上說他「既罹竄逐，涉歷蠻瘴，崎嶇堙厄，蘊騷人之鬱悼。」他自己則在〈寄許京兆孟容書〉裡說：「立身一敗，萬事瓦裂，身殘家破，為世大僇。」監視的眼睛時時在盯著他的一舉一動，深怕死灰猶能復燃，於是永州的秀麗山水，竟成了他的牢籠。

然而山水畢竟還是山水，是可以登臨觀覽、履踏指異的空間實體。柳宗元就在這一次次的登臨中，讓心裡的憂懼慢慢消融，讓思想沉澱，重新見證生命的美好。這年九月，他遇見了西山，那些彷佛已經死去的什麼，似乎又活了回來。於是他開始書寫，八處風景，八篇遊記，用他「漱滌萬物，牢籠百態」的生花妙筆，記錄下眼前所見的一切，開啟人與山水的對話，而以西山為八記之始，這裡面理應存在某些更深沉，也更清潔明白的信念。

但我以為柳宗元還是幸運的，相較於那些只能隔著幾塊花磚仰望天空的人們，徜徉山水真有如夢寐，唯有從夢中去尋找蹤跡。他們才是真正無法離開的人，後半輩子的日日夜夜，也僅如今日今夜，沒有具體的差別：

一個老犯人說，除了睡覺和吃飯之外，不要再看其他和想其他。我懂得他的意思。行人、屋宇、遠處山腳下南下北上的火車等等全然和我們無關，生命裡的某些東西已經中止或完全死去，勢必隨感受而來的自憐情緒常會把人擊垮，對牆內的生存造成力量的損失，唯有使自己的心境進入心理學家所說的最後的妥協期，接納事實並調整自己之後，才不至於發狂或活得很辛苦。

——陳列〈無怨〉

是否「思考」就是一切負累的根源？倘若真如米蘭．昆德拉所說，「人類一思考，上帝就發笑」，質問命運的舉措難道就會失去一切意義？或許實情並非如此，或許在無邊的大雨之中，當向外探索的觸角一一縮回到起始的位置，正是向內窺看的最好時機，只因外面的世界一片混沌模糊，反襯出心靈此刻纖微可辨的珍貴。那麼，無論柳宗元所說的「心凝形釋，與萬化冥合」，或者是陳列說的：「當天地間萬物貫注於生長的時候，似乎其他的什麼都不值得怨恨和記掛了，最該珍視的是自己的完整。」都在陳述一個事實，也就是從來就只有心的牢籠，牢籠內外，原本就是無差別的虛空。

雨幕轉為疏淡，山谷中雲霧逐漸退卻，巷子裡傳來車輪壓過積水柔軟的聲響，引擎聲繞過角落遠遠的去了。或許我該出去走走，或許，該坐下來，好好地寫一首詩。

延伸閱讀

陳冠學，《田園之秋》，前衛。
陳列，《地上歲月》，聯合文學。

往上看，往下看

——讀〈虬髯客傳〉

我有時仍覺得自己是幸運的。

當學生對我問所從來，我說是三十年前，我完成了生命的第一階段：受孕。單一細胞開始分裂增殖，從什麼軟體動物的外型進化到初步具有人類的特徵，接著從母體那裡吸收養分以增加重量到三千五百公克，然後等著穿過那陰暗的產道被生下來。經過三十年後，我回頭去看那一段經歷，真覺得自己的運氣很好，竟然能夠突破重重偶然所設下的障礙，來到由各種必然所組構成的光明天地。三十歲生日的此刻，揣想曾經歷過但早已沒有印象的驚險風流，不免有種小小的感動。或許從一開始，我就該相信有神？

神明是什麼？我想那其實是某種對於偶然的保證，因為我們總期待找到一個解釋，讓建構在人生之上的一切事物穩固不動搖，不會因為突如其來的震盪崩落成一地殘磚敗瓦。但如果我們開始懷疑了呢？如果我們試想有其他可能，別開蹊徑，因而發現全然不同的風景呢？那會不會才是真正的，具有毀滅性力量的地震？

其實這全都是因為那天在即時通上一個學生突然傳訊息給我，把我嚇了一跳。他說他總覺得時間不夠用，似乎有什麼在身後追趕讓他喘不過氣。從前他只知道有教科書的世界，但當他偶然開啟了文學的大門，才看見那裡還有一個極其廣闊的世界，自此擺盪在兩者之間。他渴望知道更多，看得更遠，但課業耗費他大量的精力，他覺得很困擾，不知道該怎麼辦。

老實說，如果這個全校前十名的學生還有這樣的困擾，我也不曉得該怎麼辦了，各種開導的言語聽起來都像是虛偽的應對——你要怎麼對郭台銘宣揚經營企業的方法？

但人生從來孤證不立，旁搜遠引，總找得到相應的證明。我想起高中時代的死黨，一個好看到不行，聰明到不行的男生，父親是花師的教授，家學淵源。有時我們會把椅子搬到教室臨海一邊的走廊上坐下，胡亂談論對於文學粗略的想像。他往往隨口背出那些詩文篇章作為他理論的註腳，而我被唬得一愣一愣，只好手指花蓮港外湛藍的海水，面對朗朗晴空，悠悠白雲，開始編造我自己的文學經典。或許我就是從那個時候開始寫詩？

有天我們約了在同學家過夜，沒有唸書，卻把時間都奉獻給聊天打屁。後來有人弄來一手啤酒，我們三個開始言不及義，醺醺然地胡說八道了大半夜。喝到一個程度之後，他忽然很認真的對我說：「欸你知道嗎我真的真的很羨慕你們這種人……」

我想，你在說什麼鬼啊？

他說：「我真的真的……每天都過得很痛苦……我有一個祕密……」

什麼祕密？後來他就這麼睡著了，我再沒從他口中聽到答案。

當時我一直以為他可以考上台大，但考前他有一整個星期消失不見，彷彿人間蒸發。結果那年我考上師大，而他考到私立的邊緣，被迫去南陽街的重考班蹲了一年。我們有時會約在火車站前的麥當勞吃飯，聊聊同學們的動態，但我們好像都忘記了那天他曾經一度想要告訴我什麼，也就沒有誰再去揭開那個隱密的傷口。是更多更多年之後，他來我家作客，酒酣耳熱之際，他才願意告訴我，那時候的他陷溺在一場醞釀許久的感情風暴裡，不能自拔。他甚且給我看他錶帶底下隱藏的疤痕，年深月久只剩一道淡淡的粉紅色，但仍然怵目驚心。他說那是花工的一個男生送給他的禮物，他們是國中同學，莫名其妙就發展成戀人的關係，信守一些如今看來彷彿愛情神話似的誓約。然而一切事情總朝向最壞的情況發展，讓他發瘋似的選擇傷害自己，卻又不能告訴任何人……

記憶受到召喚，過往一時朗現，那個晚上發生的事情突然又回到眼前。我問他那時究竟羨慕我什麼？他說，不過都是些無聊的想像罷了，想換一個人生來過，換一條路來走，但是走到現在年過三十了，才發現多想無益，這世界畢竟沒有什麼能讓荒誕不經的夢想成真的魔法，譬如《哈利．波特》什麼的。「你記得〈風塵三俠〉的故事嗎？」他問。

「我記得啊！一個道士寫的小說嘛！」我開始搬出為了教學準備的種種相關背景知識：「反正裝神弄鬼的，就是在宣傳唐代的開國神話，諷刺晚唐那些跋扈的軍閥，叫他們別鬧了。結果他後來自己不還是投靠據蜀稱帝的王建？」

「那不是重點，」他說：「重點是，我們大家都犯了同樣的毛病，要不眼高手低，要不就是妄自菲薄，總是掂不清楚自己的斤兩，搞不清楚自己是誰。無論哪一種，都會讓你累到不行。你想，每天都在那裡後悔懷疑自己信念的正當性，還能搞出什麼名堂？」

「這跟〈風塵三俠〉有什麼關係？」

「你不覺得虬髯客很厲害嗎？他一看比不過人家，沒搞頭了，馬上轉換跑道去做別的事情。不管天命是不是人家瞎編的，至少我希望自己能夠瞭解自己，而這對我來講實在有夠難了。」

「可是現在早不是那種逐鹿中原不成則死的年代了，沒什麼事是非誰不可，還有人研究老二哲學呢，幹嘛學虬髯客呢？我說啊，那種人表面上看來瀟脫，其實骨子裡就是羨慕又嫉妒，只是理智上知道爭不過人家，才會躲到海外去打天下，不然真遇到那種對之心折的人，幫他抬轎都來不及了，還捨得離開他嗎？就像南非的曼德拉與戴克拉克，戴克拉克自願讓出總統大位，還去給曼德拉當副手，那種胸襟氣度，不才是真正一流的人物嗎？」

他有點說不出話了。我說，算了吧！我們來到這世界上已經夠幸運的了，想想看，你是億萬精蟲中唯一的贏家喔！人比人氣死人，不是笑話嗎？來！再喝一杯！

延伸閱讀

張曼娟，《柔軟的神殿》，麥田。

白先勇，《白先勇細說紅樓夢》，時報。

賴香吟，《天亮之前的戀愛》，印刻。

洞

——讀〈阿房宮賦〉

對面的高樓蓋起來以後，陽台上所能看到的天空，就剩下小小一角，像一塊吃剩的蛋糕，被哪個樂於分享的好心人硬塞到你面前，有一種取捨兩難、無法拒絕的難堪。我看著那片破碎的天空，淺淺的灰色裡透顯出一股梅雨季節特有的陰鬱，讓人不忍久視，只好把視線焦點轉移到近處，一面巨大的帆布廣告看板。看板上一幅地中海岸落日餘暉的美景，對著來往人車宣揚居住在這裡的美好想像。但這類的廣告看板沿路都是，這些想像便因為浮濫而變得廉價了。尤其當大風從河口吹來，帆布看板上面為了透風割開的U形小孔，便會一抖一抖地張闔，看板上的南歐海景轉眼間千瘡百孔，讓人看見後面山坡上叢生的五節芒，其實，還是我們土生土長的這個台灣。

我對這類景觀早就習以為常，在這座小小的島嶼上，關於房市的謠言總是滿天飛舞，當市中心已呈飽和再無可炒，人們就把焦點轉移到城市邊緣，並且努力將之包裝成「生活即度假」的好去處。這一兩年來，各種建案不斷推出，但真正住在這裡，才知道窮巷幽居，生活機能不足，到底有多麼不便。對照當初掏錢買屋的心情，不免就覺得資本主義商業文明，處處充滿了謊言。

在每一個苦悶無聊又無處可去的日子裡，我只能從陽台望向對面的高樓，藉以打發一點煩躁和動盪。去年的這個時候，當它還是一堆鷹架和模板，我常常站在陽台上看著工人上上下下，搬磚弄瓦（其實是貼磁磚），在每一個窗孔上安裝鋁製窗框。沒有玻璃的空窗像是許多黑洞，吸蝕我的目光，我無法不去想像這些洞裡即將上演的人生種種，彷彿時間匆匆急流，從洞的另一端向我奔湧而來，安靜地將我捲入那無聲的漩渦。

一年之後，那些黑洞中開始有三五個在黑夜裡亮起燈光，燈光中有生活的影子來回走動，小小的、平淡的幸福應該就在那裡。但當我站在夜晚的陽台上，讓視線停留在裝滿光的窗洞，時間匆匆急流又再次向我奔湧而來，我彷彿看見張愛玲在《對照記》裡面說的：「然後時間加速，越來越快，越來越快，繁弦急管轉入急管哀弦，急景凋年倒已經遙遙在望。一連串的蒙太奇，下接淡出。」不知道為什麼，我感到一股莫可名狀的悲哀，像要摧毀一切似的橫掃過我的腦海，掀起破壞力十足的滔天巨浪。

在我那虛無的想像裡，所有我面前的這些裝滿幸福光亮的洞，被時間還原成洞的本身，世間繁華盡成廢墟。或者天災驟至如九二一、五一二大地震，磁磚脫落，玻璃碎裂，水泥斷裂鋼筋暴突；又或者人禍橫生，大火突發燒得每一個窗洞上都是焦黑的火燎煙痕……所有存在的都會敗毀，曾經擁有的也將逝去，這世界，恐怕沒有什麼比虛無更加堅實的了。

我知道這不過是一種無謂的想像，但誰能說這不更接近於存在的真實？如果真有那麼一雙可以出入於時間的眼睛，神的眼睛，必然會看見此刻我所想見，時間三態匯聚於一處，成住壞空一體並存。但看見了又如何？我懷疑人們能從這些既完整又殘破的景象中開掘出什麼祕寶，因為我們所關心的事情，只剩下怎麼讓自己在這當下活得更好一些。至於時間的威力，大概只有在投資基金的時候，才會以一種充滿幸福的狀態在眼前一閃而逝。

我想到西門町武昌街上，那棟蓋到一半卻因故停工的大樓，每次去看電影的時候，總會帶給我一些小小的驚嚇和猜疑。在那黑洞洞的空間裡，我感到有什麼確實被一種未完成即撒手不管的無賴態度給留了下來，譬如鋼筋水泥縫隙間長出的狗尾巴草或者龍茅，在染成銹色的水泥柱下，恣意鋪張半是營養不良半是生機勃旺的蒼黃草色，正恰好留駐在將成未成、將壞未壞的中點。那麼，或許我一切的猜想，就有了驗證的對象？

我想我其實只是在找一個解釋。我們都渴望能夠找到解釋，但極其弔詭的，我們卻又被動地等待別人能夠給我們解釋，尤其是當我們茫茫然受困於那過度華麗、豐盈，複雜到難以解開的錯纏形式之中，譬如中國結、稅務系統，乃至於八百億治水預算、各種公共工程，必然會期待某個眼睛雪亮，心思靈光，能搞清楚狀況的領航者，前來搭救，指引明路。但當他們說了實話，在那些美麗看板打上一個個U形小孔，又吹起揭開表象的大風，讓那些小孔背後長滿五節芒的蒼涼現實，一抖一抖在我們面前露出形跡，我們竟然又感覺難堪透頂想生氣，完全不像是之前對自己承諾的那樣信誓旦旦。

譬如我們對杜牧那樣。

再沒有一篇文章像是〈阿房宮賦〉，如此大方地把敗毀鋪展在讀者的面前。過往那些黍離麥秀之悲，經歷過強大壯盛的漢帝國，轉變成為〈兩京〉、〈三都〉之賦，除了歌詠形式，一切都不重要。但杜牧說，它們骨子裡仍然是一樣的東西：富麗繁華終不可久，鋪張揚厲必歸消逝，永恆之所以不可期待，背後自有其深沉的原因，這就是現實。杜牧在〈上知己文章啟〉中說：「寶歷（唐敬宗年號）大起宮室，廣聲色，故作〈阿房宮賦〉。」他只是想提醒那個高高在上的某人，長治久安是有條件的，權力不是無中生有，也不等同於純粹的享樂。如果不能認清這件事，權力來得快，去得更快。

其實根據考證，項羽燒掉的並非阿房宮，而是咸陽城，阿房宮還在紙上作業階段，秦帝國就結束了。但那並不重要不是嗎？杜牧只是在歷史浩繁的卷帙之中挖洞，一條穿越時間的黑洞，讓我們看見那濃縮凝聚之後，更清楚的意義。他像一個巧妙的博物館解說員，帶我們參觀了歷史的遺跡，又留給我們解釋的權柄，即使那只是想像的產物。

在威爾森的科幻小說《時間迴旋》裡，當地球被巨大的時間隔離層包圍，人間一日，天上萬年，人們因而能在火星上嘗試造物演化的實驗，但地球上始終是一團糟。可笑的是，我們很容易看出小說家如何為時間形塑意義，卻無法認清自己存在的真實處境。有人不願思索，或者因為某些意識型態作祟而拒絕思索，譬如學歷史出身的部長公然在媒體面前說讀不懂〈阿房宮賦〉。他們要不是柏拉圖寓言中的穴居人，就是歐威爾故事裡的老大哥，無論何者，都一樣悲哀。

又過了許久，對面的高樓仍然只有少數幾個窗孔會在黑夜裡亮起，據說這是因為房市泡沫化，所以有行無市。我看著那些黑洞，它們通往資本主義市場經濟的殘酷本質，供應與需求、投資和行銷，彷彿看見那洞裡有多少擔憂焦急的建商和投資客。

但我也清楚知道，那不過是時間的另一個小把戲，它們終究會被另一些燈光填滿——如果我們有點耐心的話，會看見的。

延伸閱讀

張愛玲，《對照記》，皇冠。

羅伯特．查爾斯．威爾森，《時間迴旋》，貓頭鷹。

楊渡，《未燒書》，聯經。

朱天心，《三十三年夢》，印刻。

張惠菁，《比霧更深的地方》，木馬文化。

偽造旅行

——讀〈岳陽樓記〉

高三國文老師的惡夢莫過於改之不完的模擬考作文。這個下午，我帶著一大包作文回到家中，泡杯咖啡坐下來，準備和一百份面目可憎的文章作戰。這次的題目是旅行。我改著改著，額上冷汗，心頭火起，把紅筆一丟，算是投降了。

我想我得好好補充體力，才能繼續下一回合的奮鬥。

憑印象在書櫃裡翻翻找找，居然找出一本《台北小吃札記》。看舒國治穿街走巷辨味鑒食，一派悠閒生活樣，不禁又翻出他的幾本書來看，他在書中談旅行談流浪，一路談回《縱橫天下》我初次認識他的字句。書中公路仍然遙遠，香港還是只能獨遊，我於是想起那個年代種種尷尬與失落的事情，歷歷有若昨日。

那是一九九七年，台灣出現史上獎金最高、獎品最誘人的旅行文學獎。兩家航空公司先後以高額獎金和任選航點的機票作為號召，吸引各方寫手先後投入這一場名利雙收的比賽之中，一時之間，旅行文學變成一種顯學。那時候，股市第二次飆破萬點大關，整個台灣社會呈現一片繁榮前景，彷彿大家錢賺得都夠多了，非得到處找機會花錢。旅行於是成為時尚的標籤，朋友見面不問吃飽沒，問的卻是：「出國了嗎？歐洲去過沒有？」我以為他們都在宣揚一種價值——懂得出走，才懂得生活——但能夠說出個究竟的，恐怕不多。

那年我大三，是師大眾多苦哈哈窮學生當中的一個，每個月領取教育部三千五百多塊的公費，一天到晚想著要怎樣才能用最便宜的價錢把自己餵飽。我對學校附近林立的自助餐廳瞭如指掌，知道他們的配菜菜單、計價公式；也清楚知道那一批拿湯匙為客人分菜的阿桑裡面，那個一瓢舀起的肉絲多湯水少，每次拿菜都盡量排在她前面。我腦中這些實用的知識，遠勝過我對於孔孟老莊那點粗淺的理解。我總是這麼說：沒有煙火油水的生活，就不算生活了。

我的同學們一個個勤跑家教，陪公子小姐讀書，賺一些時薪鐘點費；也有生意頭腦過人的，在外面經營起直銷事業，回學校來到處推銷稀奇古怪的產品。他們耗去大量的青春光陰，換來衣食無缺、手頭寬裕的安心舒服日子，但我寧可把時間省下來寫作。我於是把頭腦動到別的地方，希望找到一個可以兼顧理想和麵包的賺錢法門。「去投稿旅行文學獎吧！」我這麼告訴自己：「一定能賺到錢的。」

現在回想起這件事情，只覺得那時候自己真是過分樂觀了，我根本沒有出國旅行的經驗，就算在這台灣島上，我所去過的地方也是屈指可數；更糟糕的是，我的生活區域只限於和平東路、羅斯福路和新生南路這三條路畫出的三角形裡面，甚至大部分的時間裡，我只是窩在宿舍哪裡也不去。這樣的生活模式，以現在人的眼光看來，根本十足宅男一個，要到哪裡去生出什麼旅遊的感觸？但為了錢，只好無中生有、顛倒是非，開始試著去編造一個關於愛與放逐，背叛與原諒的，純屬空想的故事。

我用來架構這座空中樓閣的材料，是不知道從哪裡弄來的一份澳洲旅遊局的廣告，大堡礁、歌劇院、雪梨港灣大橋上的跨年煙火，一幀一幀美麗的圖片，全被我移花接木，變成我故事裡的背景。我又到圖書館去借了旅遊叢書，把澳洲發展的歷史擇精揀要讀了一遍，希望這些硬邦邦的知識可以幫我營造近乎真實的氣氛與情調。在我穿經編緯，一番努力之後，完成一篇三千字的散文，自覺以假可以亂真，點鐵終於成金了。

文中那個為愛失意追悔的男子，分明是我自己的化身，正在陽光普照的黃金海岸，提筆寫下了這段懺悔錄。

我不無得意的將文章拿給我的學弟K，想讓他聞香一番，見識一下學長赫赫威名下的真實本領。K坐在電腦前，拿了我的文章很快瀏覽了一遍，然後低頭悶悶地說：是騙人的吧？霎時間我忽然有種偷工減料被人抓包，惱羞成怒的感覺，連忙大聲否認。但K只是淡淡地告訴我：「我阿姨住在澳洲，你寫到的地方我小時候都去過……」

原來現實生活中，行家無處不在，我以為天衣無縫的故事，在內行人眼裡卻是處處破綻。我一時心灰氣沮，覺得得獎大抵無望，但K很好心地安慰我，說文章裡還是有些很真實的情感哪什麼的，並不是沒有價值的贗品。不知道為什麼，我忽然就想起范仲淹和他的〈岳陽樓記〉，同樣是神遊千里之外，看圖說故事，他說得卻是流芳百代，傳世不朽。

宋仁宗慶曆四年，范仲淹的好友滕宗諒由左司諫貶為岳州知府。雖是貶官，他卻沒有因此灰心喪志，倒是頗有作為，做了幾件大事，其中包括重修已毀於兵燹的岳陽樓。事成之後，想起人在鄧州的范仲淹，於是奉上「洞庭秋晚圖」，以及歷代名家描寫岳陽樓與洞庭湖的詩文，請范仲淹撰寫〈岳陽樓記〉。

范仲淹於是欣然應允，觀覽圖卷，提筆為文。但是問題來了，他從未到過岳州，單憑一幅「洞庭秋晚圖」以及前人詩文，要如何書寫洞庭風物、岳陽大觀呢？范仲淹於是避重就輕，改換焦點，巴陵勝狀、洞庭湖光，凡岳陽樓之大觀，他只說「前人之述備矣」，就輕輕帶過了。他不描寫具體的景物，卻讓筆鋒一轉，轉去寫抽象的悲喜，寫遷客騷人的內心如何受到外在環境的制約，而這絕不是一個懷抱著遠大的理想與抱負的君子所該有的表現。

尤熽在《可齋雜稿》的序裡說：「文正〈岳陽樓記〉，精切高古，而歐公猶不以文章許之。然要皆磊磊落落，確實典重，鑿鑿乎如五穀之療飢，與世之摛章繪句、不根事實者，不可同年而語也。」他以為〈岳陽樓記〉好就好在「確實典重」，而且深具意義，寫出了內在的真實，與某些徒事雕飾的作品全不相同。這個「真」字，讓我思索良久。

我沒有告訴K，對於他的批評，我其實很是在意。在真實與虛構之間，我以為我可以自由出入毫無阻滯，但事實是，有些氣味，若沒有真實的經歷和體驗，是我們永遠無法用想像重現的。所有偽造之物，在時間大河的淘洗之下，總會被剝除華麗的外表，露出孱弱蒼白的內在。經過這麼多年，當我重新翻出這篇虛構的作品，所有缺陷失去了文藝腔與修辭的保護，一瞬間跳進我的眼裡，像揭開白紗又卸了妝的新娘，所有矯作的戀愛手段在婚姻之中全不管用，本性一旦顯露只好離婚收場一樣的尷尬。

我回到手邊堆積如山的作文，在這一百份卷子裡，他們大談自己的旅行經驗，顯示自己在M型社會中的地位，寒暑假美加紐澳、日韓印非，哪裡都去過了。但極詭異的是，當我想著怎麼以假亂真，他們卻有辦法變真為假，把真實發生的旅行寫得像是小孩子的謊言，然後丟下一句：「啊考試作文不是這樣寫嗎？」就拍拍屁股走人，彷彿只是我在找他們麻煩。

我多想對他們說，他們去過，但從未抵達，因為書寫真實是一種技術，更是一種藝術，絕對不是假假無感觸，只要炫耀去過很多國家就好。我想下次上課，應該讓他們看看〈遙遠的公路〉，或許運氣好些，能有一兩個開竅的，那麼改作文的時候大概就可以輕鬆一些了。

延伸閱讀

舒國治，《台北小吃札記》，皇冠。
舒國治等，《縱橫天下》，聯合文學。
蘇枕書，《有鹿來》，有鹿文化。
王盛弘，《花都開好了》，馬可孛羅。

酒後的心聲
——讀〈醉翁亭記〉

你快樂嗎？有時我們好害怕問自己這個問題，害怕陷落情緒的深淵，以至於無法自拔。現代人的生活方式充滿了比較與競爭，有機事也有機心。許多人為了身衣口食團團轉，當吃飽了、穿暖了，卻反而不快樂了。不由得感嘆，這個世界要順我們的意可真難。有時憂從中來，不可斷絕，實在令人喪氣。憂鬱是一條蛇，靜靜的潛伏，不注意的時候便緊緊纏繞著你，甚至將你吞噬。

在古代文人身上，我們看見，仕途的平順或坎坷造成了心境的轉換。失意的騷人墨客，各有一套處世哲學來面對自己的不快樂。或寄情山水，接受大自然的安慰。或痛飲放歌，藉著酒精來自我麻痺。或投身宗教，在形而上的力量中尋求解脫。面對人生大問，曹操的〈短歌行〉這麼回答：「慨當以慷，憂思難忘。何以解憂？唯有杜康。」

當酒杯斟滿，人生似乎更有一些快意。然而梁實秋在〈飲酒〉一文中表示：「酒不能解憂，只是令人在由興奮到麻醉的過程中暫時忘懷一切。即劉伶所謂『無息無慮，其樂陶陶』。可是酒醒之後，所謂『憂心如醒』，那份病酒的滋味很不好受，所付代價也不算小。」酒入愁腸，到底是解憂消愁還是更添煩惱？或許誰也說不得準。

在我看來，酒之為用大矣。杯酒可以釋兵權，也可以趁幾分醉意說出真心話。陶淵明說此物可以忘憂，可能也要看是怎麼個喝法吧。我是喜歡酒的，不管是獨酌或呼朋引伴。若有閒情雅致，《菜根譚》裡「花看半開，酒飲微醺」的美學境界，最是教人神往。若是意氣相逢，會須一飲三百杯！豐子愷有一篇散文〈湖畔夜飲〉，讓我在文字中彷彿嗅到了微微的酒香。那樣的喝法，只須三兩口就夠動人的了。「闊別十年，身經浩劫」的豐子愷與故人CT（鄭振鐸），飲酒話舊，品出了人生的滋味。那時夏丏尊、匡互生均已作古，劉薰宇遠在他鄉……，豐子愷於是在與CT共飲時，更覺得這是人世難得之事，又浮兩大白。文章的最後是這麼寫的：「夜闌飲散，春雨綿綿。我留CT宿在我家，他一定要回旅館。我給他一把傘，看他高大的身子在湖畔柳蔭下的細雨中漸漸地消失了。」人與人之間，可以沖淡靜遠到這樣，也算是莫大的福分。

我常常覺得自己幸運，在人生不同階段，有不同的人陪我喝酒。

好多年以前，在感情最挫折的時候，我斷然撇下一切奔負台島東岸，展開全新的生活。蟄居在山海之間，我常與S在教職員宿舍的天台乘涼、飲酒。S在工作上每遭排擠，過得並不愉快。幸好他所有的不快樂都是有期限的，時間一到他就會離開，投入另一種生活。我到東岸生活以後，心胸漸漸空闊，一掃早先的鬱悶。我們總是望著天上的繁星，享受著好風如水，輕輕的碰杯，喝下琥珀色的啤酒。S偶會回房去接電話，遠方的女友打來耍耍任性，他亦要一一承擔。待他再走出房門來，我們便又開酒，不疾不徐的喝光。

上回接到S傳來的手機簡訊，原來他要當父親了。S的妻子不是別人，正是那個分分合合多次的伊。他很感慨著說，繞了這麼一大圈，彼此流過那麼多淚，竟然又回到了原點。如今很世俗的生活著，酒也沒什麼機會喝了。S說還有一段長假，要回去東海岸住個幾天。最好可以，就著月色星光乾杯。說了幾次，結果我們還是聚不到一起。我們也只能在各自生活的角落，各自擁有悲喜。而我的酒量略有進展，不知道下回相見，S尚能飲否。

我也喜歡跟現在的同事趙老師喝酒，不囉唆也不勉強，只用自己的酒杯澆自己的塊壘。好長一段時間，趙老師胸中積鬱著傷逝之痛，我一直想陪她好好喝一次痛快。等到後來終於開了酒，卻也唯有過癮而已，不至於醉。她跟我說，喝到嘴巴闔不上，就該停了。而我往往是，喝到嘴巴闔不上就睡著了。睡著了，還會露出傻笑。酒精實在神奇，能讓人釋放，帶來短暫的安慰。聰明的人都知道，酒醒了，日子還要繼續。快樂不快樂，真正高竿的人就會讓它操之在己。

以酒量、酒膽、酒癮聞名的文人極多，卻少有人可以像歐陽脩這樣，喝得情懷開暢，樂趣無窮。我也不免好奇，何以歐陽脩（西元一〇〇七－一〇七二）一貶滁州便自號醉翁？〈醉翁亭記〉一文寫於宋仁宗慶曆六年（西元一〇四六），歐陽脩時年才四十，貶到滁州已經一年。他因為聲援慶曆新政諸先生，開罪於守舊官僚。於是這幫人利用他外甥女張氏犯法之事，意欲入他於罪。即使後來真相水落石出，他還是遭到外放，來到滁州。是非黑白不分，在政治惡鬥中被誣陷，我很訝異他怎能快樂得起來？〈醉翁亭記〉中從大而小、由遠而近的記述了滁州山水之勝，公務之暇與民同遊的他，盡情享受景物與人情的美好，終於頹然而醉。關於為什麼可以快樂，他是這麼解釋的：

「醉翁之意不在酒，在乎山水之間也。山水之樂，得之心而寓之酒也。」如此說來，酒只是快樂的媒介而已了。

歐陽脩同一時期的〈豐樂亭記〉，吐露了真言：「脩之來此，樂其地僻而事簡，又愛其俗之安閒。既得斯泉於山谷之間，乃日與滁人仰而望山，俯而聽泉……。又幸其民樂其歲物之豐成，而喜與予遊也。」《宋史》說歐陽脩，「放逐流離，至於再三，志氣自若」，這種胸襟確實不容易。我也認為，真正有品味的人，即使在最困窮的時候，也不會忘記對美的追求。自我放逐、非法流浪的馬建說：「人所擁有的充實，主要是一些未曾獲得的未來。這樣，他就擁有了延續著生活的熱情。」

晚年的歐陽脩自號六一居士，說自己家裡：「藏書一萬卷，集錄三代以來金石遺文一千卷，有琴一張，有棋一局，而常置酒一壺」。人問他怎麼只有五項，他答曰：「以吾一翁，老於此五物之間，是豈不為六一乎？」樂琴書以消憂之外，喝點酒解悶似乎也不壞。

如果更幸運一點，多麼希望可以像彼得．梅爾小說《戀戀酒鄉》中的男主角，被上司擺了一道辭職不幹後，竟意外的收到律師信說他的伯父過世後留下一座普羅旺斯的葡萄酒莊給他……遇到挫折的時候，有酒鄉可以逃躲，心情也就有了暫時的避難所。

然而，我們無論怎麼逃也逃不出自己。只有將自己也釋放了，酒後才有最真實的微笑。

延伸閱讀

馬建，《非法流浪》，馬可孛羅。

彼得．梅爾，《戀戀酒鄉》，皇冠。

楊子葆，《葡萄酒文化密碼》，財信。

韓良露，《樂活在天地節奏中》，有鹿文化。

買出個未來
——讀〈訓儉示康〉

當他們拿起手機來把玩，我忽然想起朱天心《漫遊者》裡面的某一段，說捷運上總有不看書報人物風景，也不發呆睡覺，只勤於把玩手機之人，「不分性別長幼階級得很有些猥褻」。但他們神情專注間雜笑鬧，青春逼人不能直視，而他們也旁若無人，不在意別人看他們不看，這完全是因為他們正努力使用手機的照相功能。他們很清楚如何發揮自己身為小公雞的青春本錢：怎麼擺弄頭髮好讓自己的頸部以上有焦點；怎麼挑選、搭配衣服讓自己從千篇一律的板弟街童嘻哈裝中，散發出不是那麼確定，但總有幾分獨特的個人味道來。他們且精通照相表演之術——如何讓自己的動作定格，產生各式各樣引人注目或發笑的效果——這讓我感覺自己實在老得不像樣，老到以為自己退化成山頂洞人之類的程度，於是話不投機的下課最好摸摸鼻子趕快走人，不敢多看，怕自己像打開龍宮寶盒的浦島太郎，剎那間白髮蒼蒼齒牙動搖。

照相手機多好用？我不知道。我換過四隻手機，仔細回想起來，前兩隻是為了工作而買，只有第三隻是因為好看才掏錢。最後這隻手機一入手之後，世界馬上天翻地覆，跳進了音樂和影像的時代，而我的手機除了當初看上的手寫功能，其他並無特異之處，沒辦法儲存MP3，也沒辦法照相，猶如前朝遺民一腳跨進現代世界，格格不入。但我覺得這並沒有什麼不好，對我而言，那些功能好似蛇足，要來只是多花錢而已。

然而我始終也不明白他們更換手機的速度何以一快若斯，難道每個人都患有恐懼症，害怕跟不上時代就會被時代所淘汰？或者此一世代的人類天性對舊東西從不留戀，薄情寡恩說換就換？我的學生K甚至大方向我宣示，他每換一個女友就換隻手機，越換越高檔，從2G換到3G，一隻一萬起跳。「在新的消費時代裡我們要更努力的消費，這樣才能進步，」他說：「舊的不去，新的不來。」我不懷疑他的家境，但我很懷疑他將來能找到感情上的落腳處。

說到底，不就是為了消費嗎？人生在世，購買消費，多麼合情合理，但生活中無處不在的商品廣告不斷大肆宣揚著「最後良機，買到賺到」、「買了×××，人生才夠看」，背後好像有某種陰謀似的，讓我不禁害怕起來。當購買的欲望大於購買本身，我看見他們心中無底的黑洞正努力吸蝕世間萬物，問題不在今日，而在於明天。這樣買下去，真能買到未來嗎？

法國社會學家波德里亞説，當代的消費行為是一種「符號」的消費，而不是商品的消費；它是一種超出維持人類基本生存水準的奇怪的消費，摻雜了大量文化的、感性的、非理性的因素；它是一種帶有美學幻覺的，沒有歷史基礎的鄉愁，讓人不斷想要回去，依附在那些品牌的庇護下，才能安心。於是奢華變成一種夢，反覆出現在所有人渴望逃離現實的黑夜裡，又從黑夜侵入白日，成為合理正當的憧憬，對於未來的美好想像——隨心所欲的買、買、買……

買到繁華落盡，萬物劫灰，夢終究要醒。天堂地獄，原來也僅有一線之隔。我想起港片《絕世好賓》來，電影中富豪為了讓嬌生慣養，奢侈成性的女兒梁詠琪能夠自力更生，設計一場令女兒落難的騙局，希望女兒學會節儉的道理。現實生活中恐難找到這樣用心良苦的父親，但家逢巨變，一夕之間從雲端掉入谷底的事情卻也不是沒有。一個學生的父親原是成功商人，在大陸經營貿易，那家境之優渥的，看他平日身上穿戴皆名牌可知一二，特別是腳上的球鞋，換來換去，一雙五六千塊，大概套上去就有變身空中飛人的奇效。但天有不測，前年他父親週轉失靈，生意失敗，連房子都賣了去還債，而父母也因此離婚，生活頓時陷入困境。我看他衣鞋雖在，倒不常換了，後來聽說他自己開始搞網拍，努力變現，生活費居然也能自己籌措，不禁令人驚訝這小朋友腦袋之靈活，以後可能也是經商一塊料。

世事往往如此。這類故事說來總是令人欷噓，好下場的不多，壞收尾如新聞不時報導舉家燒炭的，比起來就不少了。那時不禁想起〈訓儉示康〉裡的幾句話：「一旦異於今日，家人習奢已久，不能頓儉，必致失所。」可是真能有此覺悟，居安思危的，天下能有幾人？

司馬光當然是其中之一，他廉潔奉公、以節儉為樂，不能說是小氣；而襟懷坦白，恭謙正直，就連他的政敵王安石也很欽佩他的品德。關於他節儉廉潔的小故事很多，譬如在洛陽修築「獨樂園」以為讀書之所，儉樸簡陋使來客吃驚；又如妻子過世，他不願為措置鋪張葬禮而借貸，於是「典地葬妻」，草草了事，是身教重於言教的典型。

其實司馬光不僅僅告誡我們個人必須要節儉，他還很雞婆的講一些不中聽唱衰的話，他說：「侈則多欲：君子多欲則貪慕富貴，枉道速禍；小人多欲則多求妄用，敗家喪身；是以居官必賄，居鄉必盜。」叫這些政客別再花錢如流水，像是他們另有一隻手可以直伸到銀行掏錢。像這些事情我們當然看得多了，不過往往看得不夠深，不能一眼洞穿。歷來貪汙不乏其人，但下場大概都好不到哪裡去，譬如韓國前總統盧泰愚被判刑十七年，菲律賓前總統馬可仕流亡海外，最後死在夏威夷，欲望無限擴張的結果，帶來的似乎是難以承受的屈辱。

我想起《射鵰英雄傳》的結局，成吉思汗與郭靖在草原上對話。郭靖問：「人死之後，葬在地下，占得多少土地？」答案雖不言自明，但人們總是懵懂自欺。或許在生之時也不必太計較吃穿用度，居住是否豪宅，能如蘇軾〈司馬君實獨樂園〉一詩中所描述的：「青山在屋上，流水在屋下。中有五畝園，花竹秀而野。花香襲杖履，竹色侵盞斝。樽酒樂餘春，棋局消長夏。」大概也就足夠了。

或許那時候才會想到，有隻照相手機，拍下園中景色傳給朋友，也是樂事一樁。

延伸閱讀

朱天心，《漫遊者》，聯合文學。

高宣揚，《流行文化社會學》，揚智。

金庸，《射鵰英雄傳》，遠流。

資優神話的破滅

——讀〈傷仲永〉

每年入學之際，不免要想，台灣大概是全世界資優班、資優生數量最多的地方了。數理、語文、音樂、美術、體育……資優的名目林林總總，不可勝數。多少人為了擠進資優班，反覆的練習智力測驗以應付甄選。好像通過這一道資優認證程序，便前途無量了。如此看來，資優是可以教出來的了。這難道不讓人懷疑：以資優為名的，其實質為何？所以當我在審查新生入學資料時，疑惑尤深。少年早慧的他們，必須要有一紙一紙獎狀來證明，書面記錄的種種「特異功能」，每每叫我自嘆弗如。為了「成為」資優生，究竟要砸下多少的時間與金錢啊？而真正的資優生，在這樣的體制底下，他們又怎麼去寫往後的人生故事？

年復一年，入學考試成績揭曉以後，媒體照慣例要追蹤各類榜首到底出身誰家哪校。資優生的生活被放在顯微鏡底下來檢視，因為大家都好奇，怎麼能夠這麼厲害、這麼神！然而新聞熱潮一過，誰會記得當年的榜首是誰。誰會記得蘇東坡考科舉那年榜首是誰？誰會記得自己升學時學校為哪些醫科生掛上了紅榜？那些人後來怎麼了？

無可諱言的，被人那樣注目、欣羨，自己一定感到榮耀。外在的肯定，的確會使人更有毅力去完成某些事情。在網路上，我跟一個青年小說家老愛互灌迷湯。他稱讚我是天才詩人，我就得誇他是天才小說家。這些肉麻兮兮的話，不敢讓人知道，只能關起房門來暗自高興。其實彼此心知肚明的，所有的光環得之於人，唯有不停的讀與寫才是操之在己。但是掌聲響起的時候，強要鎮靜壓抑倒也不近人情。怕的是志得意滿久了，竟忘了初衷，天分消逝而逐漸平庸。

曾經置身資優生隊伍之中，我眼見這個體制多麼的鄭重其事，為我們排定了升學管道以及後續的輔導。看成績或成果給獎金，我們也都乖乖的順服了。或許在如此情境下，資優既然可以教育，當然也就可以養馴了。隆．克拉克這麼自信的說過：「我每年開始帶一班，心裡都很清楚，我只有一年的時間，去改變班上每個孩子的一生。我下定決心，要給我的學生一個不同的人生，一個更好的人生。」不管這些學生從前成績、操行如何，他都能把全班教成優等生。於是在他教書的第五年（二十八歲），便榮獲「全美最佳教師獎」。典範在前，讓我好生佩服。我也終於明瞭，何以在我工作心情最沮喪時同事會遞給我這本書。多麼有勵志意味啊，彷彿只要透過教育，平庸愚劣都可以成為聖賢。我想，這不免又是一則教育神話了。

與其信仰不著邊際的神話，我倒寧願相信王安石。那樣自信又自負的他，從小過目成誦，用現代人眼光來看，必定是資賦優異了。天才如他，在〈答曾子固書〉中說自己「無所不讀」、「無所不問」，其學問的廣博或許是這樣的態度所致。

王安石用極短的篇幅記下與他同一時代的資優生故事。那是宋仁宗慶曆三年（西元一〇四三年），王安石回鄉探親再到金谿舅家，有感而發之作。故事的主角方仲永係金谿鄉民，與王安石年齡相若。仲永五歲即被目為神童，寫詩作文讓人稱奇。然而仁宗明道二年（約西元一〇三三年），王安石在舅父家見到仲永，其程度已經無法像早先那樣優秀。成年後，則與眾人無異。王安石這篇〈傷仲永〉之「傷」，感嘆、惋惜之深，事出有因。王安石感傷一個天才的淪落，也感傷教育的缺席。彼與我相互對照之下，人生際遇的不同孰令致之？

難怪在文章的最後，王安石得出這樣的結論：「仲永之通悟，受之天也。其受之天也，賢於材人遠矣。卒之為眾人，則其受於人者不至也。彼其受之天也，如此其賢也；不受之人，且為眾人。今夫不受之天，固眾人；又不受之人，得為眾人而已邪？」這樣的觀點承認了先天資質的差異，更重要的，是在傳達後天學習的重要。資優生的才分受之於天，不可力強而致。但只要能夠受之於人（努力從師學習），便可以有起碼的精進。如果教育真有作用，便在於它讓人看清自己，讓每一個個體都能有發揮天賦、自我實現的機會。

自我實現也不是憑空說說就成，王安石在〈遊褒禪山記〉中談到，學習者應該先立其志、備其力，並且「不可以不深思而慎取之也。」志力深厚了，加上深思慎取的判斷力，自我的追求才有可能逐步完成。我幾番目睹跟我一起通過資優甄選的某些同伴，為著種種原因一步步退卻。到如今被現實生活消磨掉志氣，說起當年的理想臉上就泛起一絲羞赧。我的老師與張愛玲也有著同樣的感傷：最有天分的女子嫁人去了。（當然不是說嫁人不好，而是為了天分沒有充分展現而嘆息。）我最害怕的，則是我的學生選擇自我棄絕，抵拒讓生命更加美好的可能。那種放棄的姿態，我彷彿在電影《臥虎藏龍》裡頭見過。玉嬌龍一躍而下，飄飄乎直墮深淵，結束自己，也結束了自己的天分。

我相信歷史是會一再重演的。所有金牌、獎狀堆疊出的神話，有朝一日終會破滅。唯其破滅，我們或者才得以看見真實的樣貌。理想的實踐、自我的證成，又是這麼的困難。把自己放在對的地方，一直是我們的教育所欠缺的課題。不管天分如何，方向要先對了，所有的努力也才有意義。

延伸閱讀

黃崑巖，《黃崑巖談教養》，聯經。

馬特．瑞德利著、洪蘭譯，《天性與教養》，商周。
隆．克拉克，《優秀是教出來的》，雅言文化。

月亮代表我的心

——讀〈赤壁賦〉

每當面對難關苦厄的時候，或許要自問，命運還要帶我們去哪裡？現下所處之地，就是世界的盡頭了嗎？受苦的我們能夠明瞭「退此一步、即無死所」是什麼意思嗎？在最絕望的時候抬頭，仰天四十五度角，又能夠看見什麼？在無能為力時低下頭來，又將會想起什麼？

我相信這人生總是禍福相依、憂樂交參，要能勇敢的面對且承受，實在不容易。困頓沮喪之際，我就想起《浩劫重生》這部電影裡，飛機失事後漂流到荒島的湯姆漢克斯。也會想起《倚天屠龍記》中，親人盡遭殺害的金毛獅王謝遜。他們孑然一身，對命運拿不出一點辦法，是不是只能大聲怒罵這賊老天？在生命的荒野求生，究竟有什麼辦法可以讓自己心安？他們是不是曾經嘗試這樣告訴自己：認了吧，認了就不苦了？

這些跟命運搏鬥的人，其姿態特別令人心折動容。從他們身上我看到，活著就是一種戰鬥——為了這沒有名目的生存，進行自我與時間的鬥爭。奮力想要抵抗著什麼的時候，或許不太會去想為何而活的問題。但有時偏偏憂從中來，不可斷絕。抑鬱卻不見得找得出理由，才更需要為自己的存在找一個說法。我非常喜歡鳳飛飛在演唱會時的壓軸曲：〈掌聲響起〉。她熱淚盈眶，堅毅而哽咽的唱著：「經過多少失敗，經過多少等待，告訴自己要忍耐。」聽著聽著便多麼願意相信，忍耐是為了將來的美好，而一切都是有意義的。

那麼多思想家一再追問，存在的意義。向死而生的我們，活著跟在著畢竟有分別。唯有在著，才能真實的感受這世界，意義才有自我證成的可能。不然，一切歸諸虛無、無意義，活著也就沒有滋味了。十幾年過去了，我不曾忘懷高三畢業前的那個五月。那年三月底開始，我已經順利保送大學，提早過暑假。這也是我求學歷程中最漫長、最快樂的一段假期。一追再追的，終於都到手。我的同學羨慕的看著我，希望早早結束煎熬，考完聯考就把教科書燒掉。我們樓上的班級，卻傳來同學自戕的噩耗。

媒體記者鉅細靡遺的敘述，那位我不認識的同學用塑膠袋套住自己的頭，把瓦斯管線伸進去，密密實實的紮緊袋口……據說他有一張粉紅色的臉，走得極為安詳。他體貼的為這個世界著想，不想驚擾他人，不希望瓦斯外洩引發災難。那時的疑惑至今仍在，是什麼使他過不去的？而我要到很久很久以後，才終於明白，沒有為什麼，就是過不去了。我們那所明星高中的學生，向來意氣風發，可以睥睨、可以輕狂。但是在這上頭，還是會有人先認輸。那一定是受苦的靈魂，也一定是最徹底的棄絕了。

尼采說過：「痛苦的人沒有悲觀的權利。」然而，遠望何以銷憂？酒精與藥物是否真能解愁？這些年來，幾個朋友選擇先行自人世離開，使我更迷惘了。許多個夜裡，微風吹動已經模糊的往事，我披衣走向天臺，看見「清露墜素輝，明月一何朗」。遙遠的發光體，正在我們之上，照映千山與萬川。

暗自揣想，這一樣的月光，當年泛舟夜遊赤壁的蘇東坡，又是怎樣看見的？

宋神宗元豐五年（西元一〇八二年）七月既望，船上的蘇東坡滿眼江風水月，試圖給生命一個說法。那是經歷了多少的懷疑、絕望之後，突然對人世間的謎團有了理解。蘇東坡看月亮，每回都看出了門道。宋神宗熙寧八年（西元一〇七五年）東坡時在密州，他的〈江城子〉（乙卯正月二十日夜記夢）如此悼念亡妻：「料得年年腸斷處，明月夜、短松岡。」熙寧九年（西元一〇七六年）丙辰中秋，他觀月有感，〈水調歌頭〉這麼寫著：「人有悲歡離合，月有陰晴圓缺，此事古難全。」同年冬天，蘇軾得到移知河中府的命令，離密州南下，則又寫下：「此生此夜不長好，明月明年何處看？」

就這麼看著看著，蘇東坡不再困惑，霎時間彷彿洞悉了天命。難怪有人說，讀一篇〈赤壁賦〉勝讀一部莊子。一個人要有這樣的生命高度，這樣的超越與體會，其中過程實在曲折。

神宗元豐二年，東坡時年四十四歲，何正臣、舒亶、李定等人謀畫文字獄，必欲致之死地。興獄者以東坡詩文常有謗訕語為由，穿鑿附會羅織罪名。東坡因文賈禍，以作詩詆毀朝廷之罪被捕。神宗令御史審理，御史臺中古柏參天、群烏集飛，謂之烏府，故此案名為烏臺詩案。獄中一百多個日子後，東坡死裡逃生，貶為黃州團練副使。自此，東坡的人生充滿苦難。此後到四十八歲的黃州時期，生活極苦，建築小屋於東坡，親自農耕，因以為號。文王幽囚而演易，東坡在黃州作易傳九卷，探求蘊藏命運與智慧奧義的易經，亦可看作是對人生的重新詮釋。「近取諸身，遠取諸物」，於是明白了事物的秩序、生命的道理：

且夫天地之間，物各有主；苟非吾之所有，雖一毫而莫取。惟江上之清風，與山間之明月，耳得之而為聲，目遇之而成色，取之無禁，用之不竭，是造物者之無盡藏也，而吾與子之所共適。

變與不變之間、遇與不遇之間，原來就是這樣。大江東去，月亮圓缺，一切都有定數。要到更久之後，東坡的生命即將走到盡頭，他才更加明白：「雲散月明誰點綴？天容海色本澄清。」

同樣是受苦的知識分子，康正果在《出中國記》中交代了一己的流離人生（西元一九四九—二〇〇三年）。在解放軍政權底下，他被視為「反動分子」，經歷了批鬥、監禁、流亡。他回顧半個世紀以來身心的折磨，下筆卻是一片乾淨澄清。馬悅然說：「他好像活過了好幾次：在寂園讀書的少年、大學生、工人、囚徒、農民。他的人生就是童話裡一場很長的噩夢。所幸他正是孟子所說，擁有赤子之心的人，這樣天真的人對生活現實所持的恨，要比一般人強烈得多，也只有這樣的的人，可以熬受這樣的痛苦，達到生活真正的意義。」

我看見了，表象盈虛變換，而真實恆在。因明白矣，心頭就乾乾淨淨的，月亮代表我的心。

延伸閱讀

余秋雨，《山居筆記》，爾雅。
康正果，《出中國記》，允晨文化。
余華，《活著》，麥田。
陳鼓應，《存在主義》，臺灣商務。
張惠菁，《給冥王星》，木馬文化。

萬里路，行不行？

——讀〈上樞密韓太尉書〉

島嶼七月，暑假漫長得像是沒有盡頭一樣。時間悠悠如同窗外噪響的蟬聲，一聲接著一聲。日曆變成月曆，界限逐漸模糊。我被輔導課困留在島上，忽然接到大學同學從巴塞隆納寄來的風景明信片。明信片正面是聖家堂的四座尖塔巍巍插進頂上一片晴空燦爛，背面是她略嫌稚拙的可愛字體，大意是有人記得在旅途中寄明信片給我，應該要好好感激從前做人不甚失敗云云。老實説，不無炫耀意味。

我知道她，一個三十歲單身女子，堅強獨立勝過另一種性別中的多數。她剛剛帶完一屆導師班，不急著結婚，也不愁怎樣簡省才能儲備安度晚年的資本，只想多看一些，多接觸多感受一些。於是早早計畫了歐洲自助之旅，也不管寒假才去過日本，在積雪的富士山腳下語言不通的迷路，一辦好簽證，拎著行李就出發，像是約翰·丹佛唱的：「搭上噴射機離去」，似乎那是再輕鬆也不過的事情了。

但她不知道我。事情從不如表面上看起來這麼簡單，至少對我來說是如此。

五月中某一天，老師打電話給我，問我暑假要不要去歐洲旅行。她說她妹妹有個學生在倫敦讀書租房自住，暑假回台灣，那邊房子空下來但一樣要付房租太不划算。老師打算湊一群人去自助旅行，巴黎倫敦雙城深度旅遊，光是住宿費用就可以省下幾萬，但機票交通參觀行程甚麼的全得自己來，問我要不要跟。

老師是自助旅行的老手了，光是倫敦就去過三次。背起背包在倫敦市內大街小巷四處晃蕩，如同走進自己家裡的廚房。尤其在退休以後，積蓄既豐，恣意而行，竟是毫無顧忌。前兩年老師就曾約我同行，但因為時間無法配合，我沒有一次能跟著去，「如今機會大好，豈能錯過？」

老師說，為了你的創作生涯能夠長長久久，一定要出去看看。於是我開始像呆呆的南陽處士欣然規往，試著上網查資料，甚麼機票比價航班查詢、歐洲之星法國國鐵相關的優惠資訊，甚至各種參觀展覽開放時間有沒有訂票折扣等等。不知道為甚麼，我越查越是心虛莫名，資訊紛紛湧入，而我滅頂其中，一日一日，呼吸困難，連覺都睡不安穩。

我向旅行社訂了機位卻不開票，彷彿一個初學游泳的小孩站在跳水的高台上，只是拖著賴著掙扎著熬時間，遲遲不肯往下跳。我精神緊繃，焦躁不安，在客廳裡來回踱步，竟沒有一絲拿起電話的勇氣。一直等到下午五點的鐘聲響起，旅行社下班了，才呼出一口大氣，整個人軟癱在沙發上，有如沙場歸來——原來，我是害怕的，害怕陌生與未知，害怕一個人怎麼可以忽然從這場景跳入下個場景，一覺醒來他鄉異國，茫茫不可期。

或許我錯過了那個神祕的「黃金時間」，錯過了離鄉遠行的年齡上限，就像我在法國國鐵局的網頁上看見青年特惠票價只要全票的一半，而我卻無法點選——二十六歲以下才是青年，那麼，終於有點經濟基礎的三十歲，就只能是安土重遷的「前中年期」了嗎？

我想寫一封信給老師說我不能去了，但遲遲不知如何下筆——你要怎麼告訴一個處處為你寫作前途著想的長輩說，你必須拒絕她的好意，只是因為你害怕，怕一些連你自己也不知道是甚麼的東西？

同樣是為了一個寫作的理由，嘉祐元年，十八歲的蘇轍和同樣沒沒無聞的父兄跋涉萬里奔赴京師。隔年兄弟同登進士，名動京師，一時成為天下美談。他們到京之時，雖受到當時天下文壇領袖歐陽脩的賞識，卻尚未謁見當時朝中的另一位重要人物：樞密使韓琦。青年蘇轍知道，想要一見韓琦好抬高身價的士人，多如過江之鯽，如何才能從這些人當中脫穎而出，得到韓琦的賞識，必須下猛藥、出絕招才行。如果只是言常人之所言，對韓琦誇之贊之，申說自己渴望一見的心願，那韓琦恐怕也只是待之如常人，不會留下甚麼好印象，這次上書作用盡失，還不如不上書的好。

青年蘇轍於是一反常例，起筆不談求見韓琦之事，卻轉去談寫文章的心得。但也不是呆呆談論文章怎麼寫，竟盪開一旁去講養氣對於寫文章的重要性。清人張孝先曾在《唐宋八大家文鈔》當中說：「蘇家兄弟論文每好說個氣字。」他上承〈典論論文〉「文以氣為主」的傳統，卻又開創新局，一反〈論文〉所說「氣之清濁有體，不可力強而致」的觀念，認為「文不可以學能，氣可以養而致」，轉而注重後天的學習，闡明了文章風格與個人氣質修養的關係。

氣要如何養？蘇轍以司馬遷為例：「太史公行天下，周覽四海名山大川，與燕、趙間豪俊交游，故其文疏蕩，頗有奇氣。」他認為養氣有二法，一是旅行，二是交友。下文環繞這兩件事情，閃閃爍爍，說自己進京一路看來，看遍天下壯景；到京以後，又認識了歐陽脩，只差沒見到韓琦，深以為憾。他這時才點出來意：「願得觀聖人之光耀，聞一言以自壯，然後可以盡天下之大觀，而無憾者矣。」

這是一篇流傳千古的自我推薦信，但我每每在讀到「恐遂汨沒，故決然捨去」一句之時，心下惻惻。我想起《深夜特急》的作者澤木耕太郎，他在大學畢業之後開始上班的第一天，於人潮擁擠的上班途中，突然發瘋似的決定不要當個朝九晚五的上班族。那時他二十六歲，湊出身上僅有的一千九百美金，決定拋下一切去旅行。離開日本，輾轉前往印度，又從印度德里一路搭乘巴士到達倫敦。他說：「說穿了，我不是為任何人，也不是為了增加知識、探討真理或作報導，更不是熱血沸騰的冒險，我只是想做一件毫無意義、任誰都可能、但只有異想天開的傢伙才會去做的事。」這段路程，他花了整整一年。

真的沒有意義嗎？我二十七歲的生日一如往常，只是獨自一個人上班下班。當我結束一天工作，回到家中草草吃過飯了，坐在客廳沙發上打開電視，旅遊節目不斷放送世界各國風情美景，我便以為自己哪裡都去過了。「這世界再無祕境，」我對自己說：「但我永遠無法抵達。」心中遂升起巨大的悲哀。

那些需要用自我生命去印證的事情，豈能只用知識的傳遞來帶過？在赫曼．赫塞的《流浪者之歌》裡，年輕的婆羅門悉達多無法滿足於教義，試圖尋求真理。他獨自踏上追尋的道路，走到繁華落盡、心念成空，終於超越一切文字，在河邊頓悟了萬物生滅如一的真相，而人生不過就只能這麼一遭……

因為走過，這樣的體認遂變得真實。林懷民在一篇訪談裡說：「我這個人不是那種偉大的知識分子，我總是由人生經驗的某些東西引發對於世界的好奇，我是這樣的人。……不是買本書、上個網就可以解決，閱讀永遠只是參考資料而已，我一定要『看到』。……」

像司馬遷，像張騫，像李白與杜甫，像切．格瓦拉在革命前夕的摩托車之旅。甚至是影星伊旺．麥奎格（Ewan McGregor），與友人騎摩托車，從倫敦向東一路風塵前行，橫越歐亞大陸，又渡海而去乃至紐約，遊歷三萬二千公里。對這些壯遊的實踐者而言，所有映入他們心中的風景，都將成為最巨大的力量，最充沛的泉源。或許蘇轍所說的

「養氣」，意即在此？

新的學期開始，學生問我歐洲之旅何如，我老老實實把這心情轉折向他們報告了一遍，並且希望他們能夠規畫，並且循序實踐之。不僅僅只是為了寫幾篇文章，更是為了自己的人生視野、修養與氣度，走出這個只關心自己肚臍的島嶼，真正走進世界，「盡天下之大觀」。

「老師，那你呢？」他們問。

我？我剛從峇里島深度SPA之旅回來，開始規畫寒假去日本泡溫泉吃螃蟹的行程。「這叫做循序漸進，」我說：「我的旅行經驗是先天不良後天失調，別太要求我了。」

延伸閱讀——●

澤木耕太郎，《深夜特急》，馬可孛羅。

赫曼．赫塞，《流浪者之歌》，志文。

切·格瓦拉，《革命前夕的摩托車之旅》，大塊文化。
林懷民，《激流與倒影》，時報。

她們的房間

——讀〈金石錄後序〉

如果你是已婚婦女，那麼人生到三十歲就結束了，你說。你的下場註定是這樣：穿上印花裙，繫上橡膠腰帶，坐在門廊——當時的房子都有門廊——的搖椅上，自己搧風（因為當時沒有空調），談論你的扁平足、坐骨神經痛、靜脈曲張，還有你丈夫打鼾的習慣；每到星期二，就得為丈夫熨襯衫——成堆的襯衫。這些全都是隱喻，暗示著並不滿意的性生活。

——瑪格麗特・愛特伍〈冬天的故事〉

以上這段話顯然不適用於紐約的凱莉・布雷蕭。身為紐約時尚楷模的凱莉穿著絕不重複，擁有上百雙名牌鞋，雖然年過三十但社交生活仍然（極）活躍。她常常談戀愛，發展短暫的關係，並且在報紙的專欄上對男人品頭論足，包含他們在床上的表現。這是美國影集《慾望城市》裡的劇情。身為專欄作家的凱莉以及她的三個好友隨著影集走紅，慢慢成為了新一代美國都會女性的代表：堅強、獨立，有自己的工作，更重要的是，她們有自己的生活態度，並且不會輕易妥協。

在《慾望城市》走紅的同一個時間，日本作家酒井順子發表了震驚社會的「敗犬宣言」，聲稱那些年過三十，「目前處於沒有婚姻的狀態」的單身女性，全都是敗犬一族。對日本人來說，沒有正常婚姻與家庭關係的女性，其實是不完整的女性，即使她們的個人特質再怎麼發展、擁有怎樣的工作能力和經濟收入，都會被視為是社會的異類。

酒井說，一個女人如果想證明自己個人的存在價值，只有仰賴結婚生子，當一個全職的家庭主婦，才能藉由成為家族的一員，來取得眾人的認同。那樣的犧牲對於凱莉來說，必定難以想像，因為這麼做的話，怎麼對得起她那些省吃儉用，搖筆桿賺來的上百雙名牌鞋呢？那種關於「一個女人非得把投身家庭當成是終生目標」的想法，已經是上上一個世紀，屬於珍·奧斯汀年代的事情了。譬如《傲慢與偏見》裡面那著名的開場：

> 一個家境富裕的單身男人必然缺一個妻子，這是眾所周知的真理。
>
> 不管這樣一個男人新搬進來的時候，鄰居對他的感覺或觀點知道得多麼少，此一真理都會牢牢印在附近人家的心裡，以致於他會被看做是這家或那家女兒理所當然的財產。

這真理當然並不是「眾所周知」的真理，而是一個唯利是圖、拚命推銷自己女兒的女人所以為的真理。把婚姻當成尋找長期飯票的比賽，把男人當成財產，這話聽起來真讓人心裡發毛，不曉得他是動產還是不動產。在這個時代倘若還抱持這種想法，可能要先檢視一下手中持有的是不是不良債權，畢竟時代已經改變了。

抛開社會對所謂「正常」的認知不管，女人可以發展自己的事業，其實是累積了相當長時間的努力，才得到的結果。像是維吉尼亞．吳爾芙在《自己的房間》裡面所提示的：「女性若是想要寫作，一定要有錢和自己的房間。」只有財產的自由與經濟的獨立，才能給女人貨真價實，發展夢想的保障。甚至像是莒哈絲：

她每年夏季在諾曼底海濱付四個月的房租在臨海的旅館賃下一個房間，每天坐在窗邊面對無止盡的海浪、沙灘、旅行的觀光客，鏗鏘敲擊她的打字機，天黑以前喝掉一瓶威士忌。在海邊的黑巖旅館裡，經歷越南與巴黎、情人與婚姻波濤的莒哈絲才真正擁有完全屬於她的房間，真正完全的書寫的自由。

——黃宜君〈莒哈絲式奢侈〉

然而美麗聰慧機智如凱莉者，在都市生活中打滾，並沒有讓她受到半分的傷害，卻在情感的路途上一再跌倒。她雖然不靠婚姻與家庭來證明自己的價值，但人生基本情感的需求並不會因此而消失，反而會隨著時間增長，越來越強烈。她追尋「Mr. Big」的身影，有時得到有時失去。得到時床笫歡愉，眾鳥欣有託；失去時草木同悲，只好再為自己買鞋。

凱莉面臨的處境，對中國文學史上第一才女李清照來說，其實大同小異。西元一一三二年的八月，四十九歲的李清照在自己的房間裡讀書，書頁上滿是器物圖錄金石文字，每卷還有題跋。那題跋是她與丈夫趙明誠當年共同寫就，但如今物是人非，趙明誠過世已經三年，墓木成拱，塚草荒蔓。她撫卷追憶，悲痛難禁，那些金石器物、圖書畫卷，原本應該是她心靈的寄託，但當大部分物品都在動盪流離中散佚，她才明白自己真正的寄託，已經永遠失去了。

她於是動筆書寫屬於這些器物的歷史，同時也書寫屬於夫妻兩人共同的回憶。在自己的房間裡，溫習那些既私密又熾熱的心事。即使她說了：「有有必有無，有聚必有散，乃理之常。人亡弓，人得之，又胡足道？」故作曠達之語，仍掩不住那一絲苦澀的自嘲意味。或許令人痛惜的並不是這些有形可見的事物，而是藏匿在她心底深處，那牽纏難解的、對愛與被愛的無盡渴望。

大陸作家葛水平在一次訪談裡說，很多時候，女人以家庭為唯一優先，是因為她無法看到還有其他的生存方式。但當生活發生變化，她知道自己必須決定自己的行動之時，女人會做的事情是「愛，寬大而柔情；恨，雖弱於仇恨但堅強而持久。」李清照終於把這一切轉化成為她的文學，如同古往今來許許多多偉大的作家一樣。所不同的是，她封起了自己的房間，再也沒有愛過任何人。她活在自己的房間裡，把孤獨活成了永恆。

延伸閱讀

維吉尼亞．吳爾芙，《自己的房間》，天培。
酒井順子，《敗犬的遠吠》，麥田。
珍．奧斯汀，《傲慢與偏見》，志文。

政治是一種高明的騙術？

——讀《郁離子》

幾經起伏的朱高正説過：「政治是一種高明的騙術。」我則以為政治是一種願打願挨的遊戲，如果真有騙術，也是要有觀眾配合才算數的。盱衡當今政壇，多少人夸夸其談，意欲為自己的真理（或利益？）辯護，並且推銷自己賴以為生的信仰。面對此情此景，我也只能無奈的搖搖頭——那些説謊使詐的人，要不就是太理解人性，要不就是太不理解人性。不論如何，政治語言不同於日常語言，向來具有欺騙的成分。

提到政治，不免要講算計、説心機。其機心愈巧者，其手段愈是天衣無縫。政治紛擾從未歇止的島國之中，我目睹這一切訛騙，備覺無力無奈之際不免深自嘆息。多麼希望這只是一場惡夢，夢醒了，光明美好的未來就在自己的手中。專制時代君權神授，一切依賴人治，黎民蒼生唯有眼巴巴的盼望著，將幸福的想像寄託聖主明君。民主時代，社會體制依法治規範運作。這時如果還要卑微的祈求上蒼，便是最大的悲哀了。華人社會從來沒有一個時代可以像現在這樣，人民當家作主，全憑個人意志所之，頭家來開講。但也沒有一個時代像現在這樣，人民只是棋局的一部分，操弄由人。某些人很輕易就能主宰你的快樂或不快樂。

這種微妙的關係中，我懷疑自己的決定權能有多少。種族、宗教、性別……在在成了可以操弄的議題，政治人物說的「民之所欲，長在我心」或可改成「權力意志，長在我心」。我曾經很坦率的在自己的部落格空間表達個人小小的願望，對這個島嶼的政治清明有殷切期待。當我要問是非黑白，要問公理與正義的問題，竟引發他人質疑我對這土地愛是不愛。那時只能說，我欲無言——原來群眾是這麼被操弄的。我變得無法忍受，政治人物撒了漫天大謊，卻是以共業的形式要大夥兒一起承擔。

在每個時代，不同的人為了各自的信仰，用不同的方式發聲。有時為了文學的趣味，也為了避免文字獄，書寫者往往繞著彎說話，藉著講故事來罵人。政治寓言就是如此，此中有深意，既可以看門道，也可以看熱鬧的。

文學家的良心可以讓人感受真實，廓清那些虛偽的謊話。賴和藉著〈一桿稱仔〉凸顯不公不義，寫出台灣人民被日本政權踐踏的生存困境。李昂則是意有所指，以《北港香爐人人插》影射他所見到的民主政治之亂象。現實或許比小說更慘異，那些宣示著貞操的惡魔，就是這樣一點一滴剝奪我們相信的能力，讓我們的家國漸漸變得虛弱。

同樣是講群體的命運，我很喜歡一則古典寓言〈狙公〉。楚有養狙猴為生者叫做狙公，白天他讓老猴子帶著小猴子去採摘果實，晚上就逼著牠們交出收穫的十分之一。如此，他可養活自己，而且略有盈餘。如果猴子不願交出果實，狙公就對牠們棍棒交加一陣毒打。猴子雖然覺得每天採摘果實是件苦差事，可又害怕狙公的棍棒，不敢違背狙公的命令。最後猴子群起衝決而出，逃離了狙公的操控。君主極權制度下，劉基實乃有感而發，是一深刻警醒之作。

劉基（西元一三一一—一三七五年）字伯溫，浙江青田人，元末明初著名的政治家與文學家，《明史》評價他的文章：「氣昌而奇，與宋濂並為一代之宗。」其代表作《郁離子》為典型的寓言作品，不僅承續了先秦哲理寓言與柳宗元諷喻體寓言的特質，更開創了寓言寫作的新局。在題材方面，以採取或託言古事的方式委婉諷諫時局。此外，亦與笑話多所合流，冷嘲熱諷因而兼具深度與趣味。

究竟劉基寫作《郁離子》是為了什麼目的呢？直觀其命名，郁離二字的意思是文明。離為火，乃是文明之象，用之其文郁郁然，由此可以想見劉基心中的盛世文明之治。《郁離子》裡，劉伯溫用心隱微，不僅標示了他的哲學觀點、道德關懷、政治理念，猶尚不忘針砭時弊，謀求治道之可能。他曾經仕元，懷有儒生的基本信仰，終以元朝政治腐敗、濫用小人、招安方國珍之事感到絕望，掛冠求去。考之於時代風氣，當時他「入於宕冥之山」隱居青田，或許心中亦有大痛。日後機會一來，他投靠、輔佐朱元璋，先後擊敗陳友諒、張士誠等，成為明朝開國元勛。明洪武元年（西元一三六八年）拜御史中丞兼太史令。洪武三年，授弘文館學士，封誠意伯。洪武四年，因與胡惟庸交惡，招致讒言，為朱元璋猜忌，最後賜歸鄉里。洪武八年，憂憤而死。（另說，是被胡惟庸毒死。）

劉基主張施行仁政，具有相當濃厚的民本思想。他化身為郁離子，說明道揆（法度）之重要，揚棄了一般認為政治應耍弄權術的主張。唯有道德、法度並重，才是長治久安之道。可嘆的是，我們往往從體制中見到人性的真相，也往往從人性中看見體制永遠的缺陷。

人之異於禽獸幾希？所以先秦諸子以至於劉基，皆以動物為喻，告訴我們人世的道理。西方寓言亦不例外，喬治·歐威爾在一九四五出版《動物農莊》，暗喻史達林統治下的蘇聯社會。農莊裡的動物們，在驅逐農場主人後由豬統治。牠們每週集會，制訂戒律法規。揭露統治者醜陋的面目，用動物之間的互動來影射人類的貪婪自私、好大喜功、爭權奪利……

每到選舉前夕，我總想起教授《韓非子》的老師說，民主政治中，人頭往往數不過豬頭。我的手中有一票，不分聖賢平庸愚劣皆等值的一票。但是小心，這是多麼容易被騙取、被綁架的一票！

延伸閱讀

施淑編，《賴和小說集》，洪範。

李昂，《北港香爐人人插》，麥田。

張大春，《撒謊的信徒》，聯合文學。

喬治．歐威爾，《動物農莊》，小知堂。

世界病時

——讀〈指喻〉

世界上最可怕的事情，不知不覺或也可以算在其中。讀明代的歷史，特別能激起一股悚然之感，因其禍亂敗亡的不知不覺。在最沒有防備的時候，表面的強盛安穩卻最是脆弱。我們以為意外、突然的，其實一點都不偶然。

我的同學L婚後長期與丈夫分隔兩地，他們夫妻倆認為只要情比金堅，時空的阻隔不足以構成問題。直到L的丈夫生活被別人的身影盤據，L才發覺事情不是無跡可尋。之前的諸多小事，充滿了徵兆警示，機敏睿智如L卻習於平常的逸樂，幾乎一無所感。之後將事情攤開來談，兩夫妻想辦法調動工作才又聚在一起，然而婚姻的裂痕只能粉飾，無法真正彌合。個人之事如此，國運的盛衰也不例外。事出必有因，問題在於我們能否洞燭機先，及早綢繆，或是防止傷害繼續擴大。

最近讀明代歷史，看萬曆一朝盛極而衰，相當值得借鑑。史家黃仁宇直探核心，一本《萬曆十五年》由七個片段組成，不僅寫出明朝的積弊，更點出幾千年來道德、政治之衝突。此書英文書名*1587, A Year of No Significance*，按照字面直譯就是無關緊要的一年。看似平凡無奇，黃仁宇卻又在這一年中挖掘出許多關鍵事證。其因果關係糾結錯雜，從大歷史的角度看，黃仁宇從而勾勒出興衰的理路。那時，張居正（西元一五二五—一五八二年）已經過世五年。

再往前推溯，隆慶二年，張居正上《陳六事疏》提出六個建議：省議論、振綱紀、重詔令、核名實、固邦本、飭武備。目的在解決大明帝國吏治、財政、邊患三項危機。這可以看做是改革的雛形。當幼帝即位，萬曆元年（西元一五七三年），他當首輔不久，正式推行「考成法」。他督促小皇帝甚嚴，整飭吏治、規畫財政、強化軍事，皆有所成。張居正死時，堪稱物阜民豐，太倉米糧多到不可勝數。然而黃仁宇說到了一五八七年，「表面上是四海昇平，無事可記」，但大明帝國卻已經由盛轉衰，讓人無從察覺。張居正一死，萬曆帝便荒於朝政，加之以體制僵化，國力自然漸漸走下坡。《萬曆十五年》的結尾如此判斷：

當一個人口眾多的國家，各人行動全憑儒家簡單粗淺而又無法固定的原則所限制，而法律又缺乏創造性，則其社會發展的程度，必然受到限制。即便是宗旨善良，也不能補助技術之不及。

我想，把這段話語中的儒家改換成當下不特定政黨之意識型態神主牌，意義大致相去不遠。我也很擔心小不慎而釀大禍，我們的島嶼就在看似無關緊要的政治口水中，忽然掀起海嘯，忽然就覆沒了。萬曆十五年，僅僅是幾千年中的某一年，不過發生了一些微不足道的小事。歷史的長河滔滔流逝，那些事不過是浪沫、不過是水滴。可是機運變化暗藏在裡頭，有時即使是先知也無能為力。

早此將近兩百年，方孝孺的論述，作了精準的政治預言。方孝孺（西元一三五七—一四〇二年），字希直，又字希古，人稱正學先生。太祖以荐召，任漢中教授。惠帝即位後，每以國家大事諮之。建文四年，燕王朱棣攻破南京，命孝孺起草即位詔書。孝孺不從，遂遇害，株連十族。〈指喻〉一文藉人身之病，細論國政之得失。文章裡的主角鄭君一向健康，對指上小小的腫塊自然不以為意。哪知病情急速加劇，還差點送了性命。方孝孺以此喻彼，身為一個政治人物，他所要論述的不外乎治國之道：

天下之事，常發於至微，而終為大患；始以為不足治，而終至於不可為。當其易也，惜旦夕之力，忽之而不顧；及其既成也，積歲月，疲思慮，而僅克之，如此指者多矣！

防微杜漸之為要，如此甚明矣。可是一般人面對問題，每每視而不見，見到了卻又總是輕忽待之。〈指喻〉明確的表示，若是國家久經戰亂、民力疲困，官吏剝削戕害人民，禍患就更加嚴重了。〈深慮論〉說：「禍常發於所忽之中，而亂常起於不足疑之事。」正可與〈指喻〉相互呼應闡發。有明一代，開國建國的格局到了萬曆，可以說是氣數趨弱，腐敗傾頹不難預料。魯迅給曹聚仁的信裡這樣評斷：「古人告訴我們唐如何盛，明如何佳，其實唐室大有胡氣，明則無賴兒郎。」領導者教養與氣質之重要，在封建時代舉足輕重，在現代社會中亦不可小覷。清人趙翼《二十二史劄記》說：「蓋明祖一人，聖賢豪傑盜賊之性，實兼而有之也。」明朝的開國帝王性格如此，繼位的子子孫孫如何，也不難料想啊。在某些位置上，我們以為換了誰做都一樣。可是，一旦有人把位置占著積弊而不興利，只知道每天維繫著良好的自我感覺，禍延子孫並非不可能。

民國之初，魯迅在小說中常常揭示人的精神病態，追根究底來看，時代與社會的病理狀態才是他目光焦點所在。他先是點出了結構性的問題，從而深深挖掘民族國家的劣根性。不論是〈阿Q正傳〉對國民性的針砭，或是〈狂人日記〉裡批判吃人的禮教，在在是懇切陳詞，勇於面對真相。向上提升，或向下沉淪，不是能與不能的問題，而是為與不為的問題。我每每在聽到政客高喊「天佑臺灣」時，渾身起雞皮疙瘩，有強烈的嘔吐感。天助自助者，在人謀往往不臧的這座島嶼上，我相信沒有人要故意唱衰，而是那些政客總是看到了問題卻假裝什麼都沒有。能夠自欺，卻不一定能夠瞞人。世界之病，莫此為甚。

不禁感到憂心，孤懸於海上，我們的方舟要往何處去呢？魯迅說：「以過去和現在的鐵鑄一般的事實來測將來，洞若觀火。」事實就在眼前，誰願意擦亮眼去看見？

延伸閱讀

黃仁宇，《萬曆十五年》，食貨出版社。

楊澤編，《魯迅小說集》，洪範。

所有事物的房間

——讀〈項脊軒志〉

「我們藉由重新活在受庇護的記憶中，讓自己感到舒服。」

——加斯東・巴舍拉，《空間詩學》

近幾年屢次搬遷，發現隨身物事日漸沉重繁多。於是物件去取之間，頗費心力。留下的那些，當然是自認重要的。即便在租賃來的空間裡，亦要好好收存，以為懷念之憑藉。我一直堅信所有事物必須有家可回，一切的記憶才能算數。

或許這一點都不奇怪，年紀越長越是擔心記憶的錯失，或是從前肯認的事物就此崩壞，被時光摧毀殆盡。所以戀物成癖，無法戒除。高雄的老家後院裡，有一廢棄不用的大冷凍櫃，裡頭收藏了我國、高中時期讀的書籍以及文具用品。當初也不曉得怎會那麼剛好，多出這麼一件龐大又堅實的東西供我作收納用。時間好似被封鎖於其中，十多年過去我只知道它一直在著，這便叫我安心。裡頭不是什麼金銀首飾，卻是專屬於我成長經驗的時光寶盒。

即使甚少返鄉長住，家人還是為我保留一個獨立的房間。高中畢業後便離家在外的我，每一想及那個小小天地，心下就有了定靜之感。半透明塑膠收納箱很突兀的置放於牆角，與室內其他物件不甚搭軋。那是剛上大學時買的，隨著我在大學宿舍裡凡三遷。後來我將醜醜的大學服、一批手札、幾枚紀念章收入，闔上箱蓋，仔細扣住。這樣我才能夠以為，記憶已經井然有序，在其所當在，便不致氾濫成災。

那幢三合院舊居，收容了祖父以降四代人的故事。他零零碎碎的告訴過我，家史與他的時代事件。我聽時不甚了了，如今也僅存某些片段未曾忘卻。祖父生於民國初年，時日人據台。成年娶妻後，離開出生地由縣北徙於南。原無恆產的他，一磚一瓦親自施作，可說是白手起家。他以農務為生，耕者有其田，意欲以此傳家。他一手打造的家屋朱牆紅瓦，脊梁穩篤而優雅，歷經賽洛瑪颱風猶且不動如山。我的童年與青春期就在此度過，唱歌，遊戲，讀書，穩健的長大。座落村庄之中，我家背山面水。屋前本有水塘河流與田地，台島經濟轉型之際水塘遂為平地，建起了工廠。迄於今，產業外移，廠房淪為廢墟。

我始終相信，一個人幼年的空間經驗，主宰了他往後認識世界的方式。一直到現在，我揀擇居所，仍然以乾淨、明朗、安靜為優先考量。然而我就在那個光亮溫暖的舊居，先後送走了父親與祖父。庭前芒果樹鋸了又長，夏天一到便被陽光催熟，果實纍纍低垂。

我喜歡的外省第二代小說家在辦完父親的喪事後說，「有親人死去的地方才叫故鄉。」《古都》裡頭考掘過往的時光，念茲在茲的進行城市書寫，不容記憶被抹消。透過書寫，所有記憶都算數了。許多的「那時候」憬然赴目，已遭拆遷的建物在敘事文本中獲得了重生。那夾敘夾議的筆鋒，讓我對眼前所居處的城市更覺惘然。微物之中有歷史，沒有對過去的理解，我們便無法擁有自信的未來。

住入新的家屋，我喜歡小小的世界收容該存在的每一事物。每一個櫥櫃、抽屜，讓細小事物各安其位。一盆赭紅色的蘭花兀自把花瓣一一打開，彷彿是杜詩在我眼前輕輕告訴：「易識浮生理，難教一物違。」我相信，美好的秩序將會帶著我走進未來。《空間詩學》這麼辯證如其所是的那些：「房間裡的私祕感，變成了我們的私祕感。相關的是，私祕空間變得如此靜謐、如此單純，房間裡的所有寂靜都被定位，聚集了起來。」

一直要到祖父過世六年後的今天，我才稍稍讀懂了歸有光的〈項脊軒志〉和白先勇的〈樹猶如此〉。在與不在之間，由是觸動了心緒。歸有光的枇杷樹在那麼多人離他而去之後，終於亭亭如蓋。白先勇則是春日負暄，於百花競相開發的園林中，抬望「一道女媧煉石也無法彌補的天裂」。我想王家衛的《花樣年華》大略異曲同工，男主角周慕雲（梁朝偉飾）遠赴吳哥窟，將滿腔祕密與傷痛對著樹洞呢喃托出，然後抓一把泥土封住樹洞。不料樹洞長出了嫩苗，小小的樹身正在伸展……

「木猶如此，人何以堪？」以樹為喻，情感的生發曲致而委婉，這不能不跟個別的生命歷程有關。歸有光（西元一五〇六—一五七一年），字熙甫，別號震川，江蘇崑山人。八歲喪母，十二、三歲時大母逝，嘉靖三年（西元一五二四年）十九歲時初作〈項脊軒志〉。二十三歲娶魏氏，二十八歲魏氏卒，三十五歲左右作〈項脊軒志〉補記。所以〈項脊軒志〉前半僅悼念母親、祖母，補記方憶及其妻魏氏。項脊軒是他在崑山時的書齋名，小小的房間裡收容了他對生命中重要女性的思念。這在以男性為主體的中國文學史中，確實相當罕見。

他生活於此間，「多可喜，亦多可悲。」喜的是美好事物投影心中，點點滴滴的人情溫暖、自在自足的讀書。悲的是家庭紛擾愈演愈劇：「諸父異爨，內外多置小門牆……庭中始為籬，已為牆，凡再變矣。」

畢竟都是有故事的人啊，物的歷史早也將心靈活動一一銘刻了進去。睹物思人的老話，總是帶有時間的威脅在裡面。不忍棄去的那些，不斷提醒我們在著的意義。這意義，我們說有便有。哪天哪日說沒有了，捨掉亦不可惜。

原本空蕩蕩的新居，油漆氣味逐漸消散，可以預期的是物件會日漸擁擠，各自占據一角。有緣來作伴的，我就善待、收藏。長久以來，對易碎品如玻璃陶瓷又愛又怕，如今可以安心一些了。我有一整個櫃子可以用來安置它們。或得之於人，或親力購來，每一物件都有故事好說。這所有事物的房間，一切，要小心輕放。

延伸閱讀

白先勇，《樹猶如此》，聯合文學。

朱天心，《古都》，印刻。

三毛，《我的寶貝》，皇冠。

加斯東．巴謝拉，《空間詩學》，張老師文化。

發現

——讀〈晚遊六橋待月記〉

歷經了時代的推移，常覺得：文明愈盛、物質愈精，生活的轉速就愈快。身處其中，無時無刻都感到忙碌，卻往往不知道為什麼而忙。市面上多的是教我們如何吃喝玩樂的書，看多了之後，才忽然發現那樣的享樂方式幾乎都是極沒個性的。羅丹說：「美無處不在，只是缺少發現。」說到底，這其實是個人品味的問題了。

急著尋找世界之美的人，總是因為太過急切，終而喪失對美好的感受能力。幾次跟朋友出國旅行，最受不了的就是把行程排滿檔，雙腳和腦袋一直得不到休息。以這種又快又滿的方式旅行，即使走遍天涯海角，心靈依然是僵硬而窄小的。因為裝了太多訊息的身體只會喊累，哪有愉悅可言。漸漸懂得慢活的快樂以後，我們開始尋找另一種可能，嘗試在緩慢與悠閒中看見世界的細節。而這些細節讓一切變得陌生，讓我們充滿想像。我的朋友M每年總要單獨的出走，到花蓮鹽寮一帶的民宿住上幾天。關掉手機，不用鬧鐘，晚上不一定要睡覺，日出不一定醒來。不管是聆聽海濤，或是看著天空發呆，突然可以不自覺的任性起來了。逃離了工作與塵囂，她用這種方式讓自我甦醒。

我也喜歡這樣隨意，安安靜靜的，過這樣的日子。

就我的觀察，我的上一代人通常都比我們勤勉節儉，對於生活中的享樂顯得比較保守節制。或許是因為他們曾經走過一個貧困匱乏的年代，對遊手好閒充滿敵意。早幾年，母親常責備我因出國度假花去許多錢。她那時似乎不能理解，我為何迷戀搭著飛機來來去去，屢次告誡把錢存起來不是更好。我心想，真正的快樂很難用錢買到，若是花錢可以獲得真正的快樂，為什麼不。後來我總是把錢先付了，慫恿母親儘管放肆出國遊玩，幾次下來，她也樂此不疲了。一腳裝著人工關節的她，會得意的說起自己曾經攀上小吳哥的佛塔頂端，曾經在桂林山水中漫漫而行……。現在她手中有我的信用卡附卡，我很高興可以負擔得起她的快樂。她預計秋天要去九寨溝，我很期待她告訴我，快樂是什麼。

快樂是什麼？當我們這麼問的時候，往往是不快樂的。當下的臺灣社會中，快樂的人真是不多。我們有許多追求，但很少追求真正的快樂。我們不斷的努力，卻常換來深沉的失落感。遙遠的不丹國，國民所得在我們眼中少得可憐。然而他們人民的快樂指數，卻是我們望塵莫及的。這讓我想起，萊亞德（Richard Layard）在《快樂經濟學》中這麼說：「一個追求快樂的國家，才是最偉大的國家。」

從舒國治《流浪集》、《台北小吃札記》裡，我聞到了偉大的快樂究竟是怎樣的氣息。在世塵中，擾攘的生活角落，安步可以當車就是一種快樂。只要張開心顏，便能挖掘寓於平凡之中的快樂。於是吃飯、走路、睡覺，在在都成了藝術。在舒國治的敘述中，呈現了一種真實存在著的美好。我追蹤著箇中的細節，彷彿走進了晚明的心靈境界。

晚明社會對品味的追求，應該也是奠基於自我意識的樹立。李贄宣講童心，提倡真性情，算是開了時代先聲。袁宏道（西元一五六八—一六一〇年）等人追繼在後，精彩的論述與實踐不遑多讓。袁宏道萬曆二十年（西元一五九二年）中進士，歷任吳縣知縣、吏部驗封司主事等職務。他與其兄宗道、其弟中道並有才名，人稱「三袁」。在文學方面，三袁反對王世貞、李攀龍等人擬古、復古之主張，主張文學必須「獨抒性靈、不拘格套」，他們的作品一派清新俊逸、趣味盎然，世稱「公安派」或「公安體」。

萬曆丁酉（西元一五九七年）二月十四日，宏道初至西湖。面對山水之美，他的西湖雜記系列具體呈現了美的覺醒。其中〈晚遊六橋待月記〉寫著：

> 西湖最盛，為春為月。一日之盛，為朝煙，為夕嵐。今歲春雪甚盛，梅花為寒所勒，與杏桃相次開發，尤為奇觀。
>
> ……
>
> 其實湖光染翠之工，山嵐設色之妙，皆在朝日始出，夕舂未下，始極其濃媚。月景尤不可言，花態柳情，山容水意，別是一種趣味。

天地有大美而不言，而袁宏道的文字給了美最最精確的解釋。不論看見什麼，他體察到美本身正在於「別是一種趣味」。我因而更可以確定，生活的享樂化與藝術化，從來不是互相矛盾的事。晚明的程羽文在《清閒供》裡指出文人六病，分別是：癖、狂、懶、痴、拙、傲。這六病正是名士派的個性與習氣，不同於俗人之處。他們並非真的病，而是執迷於自我喜愛的情趣，不能戒除而已。拒絕讓自己庸俗化，這姿態本就美感盎然。

我想起二〇〇一年的冬天，獅子座流星雨在天空中喧囂又繽紛。當時在高雄市任教的我連夜開車，趕赴台東南邊海濱觀星。我與同事裹著睡袋躺臥在山丘的草皮上，仰望一道道的星光從子時開始流逝。火流星在我們之上驚爆的時候，我們一時都呆住，張著嘴卻忘了呼喊。我們煙花燦爛的心情，一直持續到凌晨三點鐘。因為早上第一節要授課，我們看過流星以後便在黑暗的公路上奔馳，要及時趕回學校。現在想想，當時若無痴狂，自然不會發現那些美麗的花火。

蔣勳說：「我們的美使我們不再粗糙；我們的美，使我們的生命不斷地有更多更多的細節。」我如今深深體會，除了細節之外，美應當是有完整的故事可說的。只是我們有時說不出來而已。

延伸閱讀

舒國治，《流浪集》，大塊文化。
劉克襄，《安靜的遊蕩》，皇冠。
蔣勳，《天地有大美》，遠流。
蔣勳，《美的覺醒》，遠流。
卡爾·歐諾黑（Carl Honoré），《慢活》，大塊文化。

對權力說真話
——讀〈原君〉

生活於當下社會，身為一個卑微的島民，我常懷疑：這真的是一個民主時代嗎？這真的是一個民主進步的社會嗎？每天在新聞堆裡醒來又睡去，表面上感覺是全民在當家作主，事實上呢卻是眼睜睜看著國家名器一再被濫用、蹧踐。國家最大的禍患何在？不是別人，正是那些巧取人民信賴、豪奪國家資源而無所節制的野心者。

而每一個時代，總有對權力說真話的人。這些人或在朝為諍臣，或在野為小民，他們最難能可貴的，便是一顆忠直善良的心。所以能夠不計後果，只為了讓權力者有所醒覺、警惕。因為這些聲音，我們有機會把眼睛擦得雪亮。

接連幾天以來，總統、副總統接連被嗆聲，小老百姓（多麼封建的用語啊！）直言快要活不下去了。誰又料想得到，國家領導人絲毫沒有反躬自省的能力，頻頻在媒體公器上反嗆回去。民之所欲，到底有誰在意？曾經是貿易公司負責人的查理，因為景氣不佳，現在成了臨時工。他在音響展對陳水扁嗆聲，抱怨經濟環境的惡劣。肉販阿珠則在呂秀蓮訪視時坦率的表示生意難做，人民生活不好過。這樣的經驗對臺灣的正副元首來說，是絕無僅有。標榜民主與進步的他們，皆搶在第一時間回應，占盡版面。然而我無從確知他們是否關心民瘼，只看見他們的嘴臉冷嘲熱諷有之，無情的批判亦有之。這樣的人，會將臺灣帶向哪裡去呢？

或許數據會說話。根據南韓的媒體報導，二〇〇七年南韓大學畢業生的起薪大約是七萬元台幣。而臺灣大學畢業生起薪不到三萬，碩士畢業起薪也才三萬五左右。除此之外，南韓更以強力的文化行銷展現自我，試圖在國際社會中被看見。十年前（一九九八年）我大學畢業時，大家嘴裡講的都是願景，從不擔心失業與景氣衰退。十年下來，同輩之人如今只能著眼於現實，以求溫飽為先。更遙遠的未來，已經很難想像也不敢想像了。近日讀史景遷寫康熙、雍正，總要一再嘆氣。君主社會裡的帝王權柄在握尚且在意名聲，愛民如子從來不是隨口說說而已。民心之向背，可說是古代帝王最重要的功課。

對於權力的觀察書寫，大陸小說家迭有佳作。閻連科的小說不以歌功頌德為要，反倒以揭露實情為先。其《為人民服務》書名出自毛澤東的重要講話，內容卻對這位共產政治偶像大不敬，難怪在對岸成為禁書。這裡面的情色與政治相互糾葛，敘述文革期間一個小勤務兵與師長夫人的偷情實錄，可說大膽之至。讀來尤其諷刺的是，閻連科甘冒不韙，讓筆下這兩人透過砸碎毛主席石膏像、扯毀毛語錄海報達成性高潮。在閻筆下，毛主席之為用大矣，原來他老人家是這麼為人民服務的。一個權力者的言說被解構、顛覆，毛主席嘴裡對人民的愛本質究竟是什麼，或也逐漸的顯露了。人民共和國的殘酷話語，莫此為甚。

讀到這裡，不禁悲哀起來。難道我們要快樂，僅能靠著對著某人肖像去射飛鏢？隱地編輯紅衫軍倒扁浪潮為《命運，非關命運》一書，我在其中看見了集體情緒的宣洩，憤怒，悲傷，失望……。我們的元首有沒有辦法回答，在二十一世紀的臺灣，民主與法治究竟是什麼？

在此刻讀黃宗羲，感慨更深。

黃宗羲（西元一六一〇—一六九五年）與顧炎武、王夫之並稱為清初三先生。他們皆是學問淵博、具有民族氣節的知識分子。明亡以後，他們起事反清復明，卻都宣告失敗。其後便將滿腔憂憤化為文字，留下許多著作。黃宗羲寫作《明夷待訪錄》，用意乃是為往後的漢族新政權設定法制。顧炎武讀此書後，曾致書黃宗羲，提到：「天下之事，有其識者未必遭其時，而當其時者或無其識。古之君子所以著書待後，有王者起，得而師之。」黃氏此書，足堪後代君主參考借鑑。近代民主思想之推演，可說是從此書開始。梁啟超《清代學術概論》中也說到：「梁啟超、譚嗣同輩倡民權共和之說，則將其書節抄，印數萬本，祕密散布，於晚清思想之驟變，極有力焉。」

關於民主與法治，他提出了相當重要的觀點。〈原君〉是《明夷待訪錄》的第一篇，也是全書的主旨所在。一開頭便追根溯源，探討古今人君的行事作為與權力施展，照應了題目中的「原」字。人君之職分，乃在為人民興利除害，而不是擴張個人的欲望，更不是利己以害人。《孟子·盡心》篇下說道：「民為貴，社稷次之，君為輕。」提出了民本思想。黃宗羲在這個基礎上，辯證君與民的關係，君主必須以天下為公，為人民服務。古代君主若是視天下為私產，結果一定是自身被殺、禍及子孫的血腥慘劇。想要避免如此慘禍，就必須明白為君之道。可是「後之為人君者不然，以為天下利害之權皆出於我，我以天下之利盡歸於己，以天下之害盡歸於人，亦無不可。」他這一番話，大大批判了專權者的自私自利、殘害百姓，也深刻的剖析了專制時代的權力歸屬。把這些話放在權能失衡的民主社會來看，何嘗沒有教訓意義！

法治與民主概念常一起論述，在〈原法〉一文中，黃宗羲認為「有治法而後有治人」，表明法治乃人治的基礎。立法的用意乃是為人民追求幸福，立法的準則不在於條文疏密，而在於精神的歸趨到底是為公或為私。在權力關係上，他以相互參照、託古喻今的方式行文，進一步告訴我們孰為主、孰為客：

古者以天下為主，君為客，凡君之所畢世而經營者，為天下也；今也以君為主，天下為客，凡天下之無地而得安寧者，為君也。

國家禍患的根源，如此看來是很清楚了。當今之濫權者，讀到黃宗羲對著權力者說的真話：「然則為天下之大害者，君而已矣。」能夠沒有一絲悔愧嗎？當他們領受薪俸、享有各種禮遇的同時，是不是應該關心一下：人民幸福嗎？

延伸閱讀

史景遷，《雍正王朝之大義覺迷》，時報。

史景遷，《康熙》，時報。

隱地編，《命運，非關命運》，爾雅。

閻連科，《為人民服務》，麥田。

身為一個人

——讀〈廉恥〉

卑鄙是卑鄙者的通行證
高尚是高尚者的墓誌銘

——北島，〈回答〉

面對中共政權的貪腐專制，北島在〈回答〉這首詩的開頭便斬釘截鐵的提出控訴。以卑鄙與高尚對舉，點出了倫理的課題。多少人身居高位，以卑鄙為通行證，巧取豪奪而無往不利。而多少正義之士為了公理犧牲，始終在追求一種精神典型的完成。向權力說真話，需要的正是道德勇氣。中國知識分子特別重視風骨節操，有所為、有所不為。人倫世界裡，道德不僅是一種理念，更需要身體力行來實踐。《管子・牧民》篇標榜禮義廉恥乃國之四維，維繫了國家命脈。當道德淪喪殆盡，國家就會走向滅亡。那絕對是精神能量的支撐，人心一旦墮落，危亡傾覆也就不遠了。

理解人性的角度有別，道德哲學的提法也就不一樣。不管世局如何改變，美好的心靈、高尚的情操，永遠是每一個時代向上提升的基本配備。古代教育向來注重仁、智相互發揚，道德與知識激盪推動。我們不禁要像孟子那樣提問，人之所以異於禽獸者幾希，人的價值與意義又從何彰顯？身為一個人，我們如何能昂昂然挺立，活得無愧無怍？

道德絕對不是封建時代的產物。道德的意蘊隨著時代變化，形貌也就略有差異。那追求善的動能，對於美好的渴望，則無分古今。只是我們必須辨明：活在現代化社會，我們需要怎樣的道德？

在教育現場，我幾次逮到學生考試作弊。由小見大，我發覺學生的羞恥感日益薄弱。被逮到的學生，既欠缺認錯的勇氣，也沒有反省的能力。甚至有學生說我專門找碴，作弊有什麼好抓的？教育的功利取向，使得品格長久被漠視，人性的發展越來越不健全。新的課程綱要實施，許多學校開課的考量也以升學為優先。某次課程發展會議後，我感到痛心疾首。因為透過民主表決搶不到時數，「生命教育」、「人格教育」選修課都開不成。我嘆了好長的氣，對著同事說，原來我們的教育是既沒生命、也沒人格。

小說《追風箏的孩子》裡，男主人翁的父親對兒子如此訓示，世界上只有一種罪行：「那就是偷竊。其他的罪行都是從偷竊變化而來的。……如果你撒謊，就是偷走其他人知道真相的權利。如果你欺騙，就是偷走擁有公義的權利。」作者似乎要說，所有的罪惡都源於不義的擁有。這就是一種做人的基本態度，一種價值判斷。余英時、南方朔都曾指出，台灣之病在於道德人心。價值體系崩壞而不尋求解決之道，那麼國家的困境將無法掙脫，人民的幸福終不可得。

殷鑑未遠，同樣是華人社會，香港在一九六〇年代社會各階層普遍的貪腐，人民陷入了沮喪失望之中。不管是政府或者民間，有錢才能打通關節。上行下效，權勢者的貪婪讓社會風氣更加惡化，說這是一個黑暗時代也不為過。《五億探長雷洛傳》系列電影中，相當細膩的刻劃時代氛圍，影射當年的貪腐敗壞。一九七四年，終於成立了反貪汙的機構——廉政公署。廉政公署共設立三個專責部門，從事調查（執行處）、預防（防止貪汙處）和教育（社區關係處）的工作，期能肅貪倡廉。港人從制度與教育著手，既治標也治本。人性的弱點克服了、防範了，美好的公民社會才能運轉得更加順暢。

民主政體下，我們可以透過公共論述、理性辯證，勾勒道德藍圖。君權時代也有其道德理性，中國歷來的知識分子都肩負著各種道德責任。處於逆亂之際，品格與氣節最是沉重的命題。改朝換代之際，顧炎武在〈廉恥〉中引述《五代史．馮道傳論》：「蓋不廉則無所不取，不恥則無所不為。人而如此，則禍敗亂亡，亦無所不至。況為大臣而無所不取，無所不為，則天下其有不亂，國家其有不亡者乎？」接著闡述自己的道德主張，以為人世間所有的罪惡根源皆在於羞恥感的失落。推論到知識分子身上，他認為「士大夫之無恥，是謂國恥。」講得白一點，不要臉的人什麼事都做得出來。一個有權力的人如果不要臉，敢於胡作非為，那麼對於國家社會的傷害是更為巨大的。

〈廉恥〉裡所以這麼說，當然摻雜了時代因素。顧炎武（西元一六一三—一六八二年），江蘇崑山人，原名絳，明亡後改名炎武，字寧人，號亭林，復以避仇自署蔣山傭，學者尊稱亭林先生。他十四歲中秀才，與同鄉好友歸莊一同加入復社，指陳時弊而被視為異端。為了民族大義，他與歸莊、吳其沆起兵抗清。三十三歲時（西元一六四五年），清兵渡江南下，崑山城破，其母王氏絕食而死，遺命交代炎武「無仕異代」。後來清廷徵召他出任博學鴻詞科、修《明史》，皆抗拒不往，甚至以死力辭。〈廉恥〉出自《日知錄》，這是一本讀書札記，其書以明道淑世為宗旨，顧炎武畢生志業盡在於此。

鑑諸以往，台灣社會向來尊敬知識分子，特別是知識分子的道義風骨。有良心的知識分子被稱為「人格者」，典型在夙昔，日據時期抗日醫生賴和有「彰化媽祖」的美譽，雷震、殷海光等人也都因為不畏權勢、守住正道而留名。

道德必須內化，作為一個人，才能真實確認自己的良知良能。即使在他人不會發現的時刻，心中仍有一把規範良心的尺。《中庸》說：「君子戒慎乎其所不睹，恐懼乎其所不聞。莫見乎隱，莫顯乎微。故君子慎其獨也。」道德主體確立了，在獨自一人的時候，心裡也有許多的他人正在凝視自己。

延伸閱讀

卡勒德．胡賽尼，《追風箏的孩子》，木馬文化。

林火旺，《道德——幸福的必要條件》，寶瓶文化。
陳傳興，《道德不能罷免》，如果出版。
北島，《午夜歌手》，九歌。

潛入獄中記

——讀〈左忠毅公逸事〉

那時我們是年輕，理想過度擴張到一種不解世事的天真，但沒有誰真以為有什麼不妥，只是隱隱然感覺眼所難見的暗處恍惚有一堵無可逾越的高牆阻人去路，而且從來沒聽說過有誰必須為此負責——彷彿早就決定了，我們來，我們經驗，終於也是失望。

那時我們真是年輕，偶爾談論起這種感覺，無論誰都心有戚戚焉，就好發議論的定名說，喔，這世界就是一所巨大的監獄，我們都被囚禁在裡面，沒有自由。然後開始長吁短嘆，說未來一定要如何如何，如何改造世界像是《聖堂教父》裡面那樣黑白通吃，才能在這個無出路的世界打開一扇門，讓明天更美好。

即使我們從沒看過監獄長什麼樣子，一次都沒有。

但我們後來還是進了監獄。倒不是什麼虧心事，合唱團每年暑期都會舉辦巡迴演唱，這年就有人居中聯絡，安排我們到花蓮的干城監獄去演唱，把音樂帶給那些受刑人，希望音樂可以淨化心靈，幫助他們重新悅納自己，找到生命的方向。

干城監獄。我小時候去鯉魚潭總會經過，高牆鐵門，讓人光看外觀就先退避三舍。這下我們可是乘著遊覽車光明正大從監獄正門進去，還受到獄方高規格的接待。他們甚至安排了解說導覽，說明現代獄政怎麼進步管理怎麼人性化，又為受刑人安排了各種課程和進修管道，還真不像先前在《監獄風雲》裡面看到的那樣。我想監獄原來是這麼一回事，清潔明亮，受刑人個個奮發向上努力更生，真好。

然後我們開始唱歌，舞台下一排排坐滿了人，這是我們開始巡迴以來所僅見，先前在宜蘭的演出，台上人比台下的還多，現在能有滿場的觀眾，很是感動。但這些觀眾身穿灰衣灰褲，頭髮短到可見頭皮，青青的閃著亮光，看來全無分別，不免讓人心裡有些發毛。我注意到他們手腳上不知為什麼的並沒有鐐銬，後來聽人說了才曉得只有表現良好的可以進場，免生事端。兩旁站著獄警監視戒備，神色說不上是和善或嚴峻（畢竟是無從想像起的職業哪）。忐忑唱完後，台下響起如雷的掌聲，我看見有人臉上帶笑，有人卻是眼中含淚，那麼這場演出算是成功了吧！但他們到底是因為什麼原因入監服刑？總不會個個都殺人放火？其中該也有不足為外人道之處，或輕或重，或辛酸無奈或其他什麼的，說不定還有含冤莫白，屈從接受的。腦中把看過的電影情節一一重映，《刺激一九九五》、《叛獄風雲》、《火燒島》，一部一部，總覺得都是編出來的，毫不真實。

我們被通知要悄悄下台，避免和受刑人有言語肢體上的接觸，防止生出什麼事端。我們就這麼離開了那監獄，繼續東部巡迴演唱的行程，但我始終難以忘記那時台下聽者的目光——或者我記得的並不是那些茫然的眼神，而是禮堂裡亮慘慘的燈光，迥異於室外陰鬱天色，我不曉得那個更為真實。或者真相難免是會沉重些，多年後的此刻，當我讀到東林黨與左光斗的故事，自然想起那時我們好像也曾有過同樣的熱情，同樣有監獄的情節，但我們似乎什麼都沒做過，就輕易老去了。

不曉得該嘆息，還是該說一聲好險？

左光斗是明萬曆三十五年進士，素以氣節自任。他擔任御史的時候，曾循線逮捕吏部枉法官員，破獲龐大的偽官集團共百餘人，讓整個京師大為震動。但明代政治黑暗，此僅為冰山一角，遇到更高層的有力人士，他也無可奈何。熹宗天啟四年

（一六二四年）六月，左副都御史楊漣上疏彈劾魏忠賢二十四大罪，認為「寸臠忠賢，不足盡其辜」。魏忠賢十分惶恐，向熹宗皇帝哭訴，結果楊漣反遭切責。這計畫左光斗也參與了，眼看沒有結果，他不死心又上書，彈劾魏忠賢三十二斬罪，但熹宗根本不聽。隔年七月，魏忠賢找機會指使黨徒誣陷楊漣、左光斗，把楊、左等人打入獄中；八月就假借獄卒之手在獄中殺害了他們，不讓他人有營救的機會。發生此事之後，熹宗居然賜魏忠賢「顧命元臣」的印璽，一直到崇禎元年魏忠賢伏誅，朝廷追贈左光斗為右僉都御史，加贈太子少保，賜忠毅，才還他清白。

然而故事還沒結束。明代的錦衣衛獄又叫做詔獄，是皇帝直接下令逮捕囚禁，準備處決的，所以管束森嚴，獄內刑罰極其慘酷。依據沈德符《萬曆野獲編》所載：「其室卑入地，其牆厚數仞，即隔壁嘷呼，悄不聞聲；每市一物入內，必經數處驗查，飲食之屬，十不能得一。」送東西進去都不行，何況想要見到其中受刑之人，更是難如登天了。但左光斗坐獄期間，有個人甘冒殺身之禍，偽裝成清潔工，硬是悄悄混進監獄去見了他一面，這人便是史可法。

這段事情首見於《史忠正公集》，是史可法為祭左光斗而寫。不過另外還有三個人也寫了這件事情，分別是左光斗之弟左光先，清代史學家戴名世，以及清代桐城派三祖之一的方苞。四人所寫詳略不同，錢鍾書先生在《談藝錄》一書中論及此事，以為史可法〈祭忠毅文〉可視為實錄，而方苞〈左忠毅公逸事〉最為生動感人，尤其是兩人在獄中見面談話一段，更是「奕奕有生氣」。

我想問的是，要怎樣的精神感召，才會讓史可法無懼於株連之患，潛入獄中去探望左公？不僅如此，史可法更謹記師訓，不敢稍有懈怠。督軍揚州，城破日以身殉國，身後竟僅剩笏板衣冠而已……

又或者，我該問的是，要怎樣的人格冥契，才能讓左光斗風雪視學，一眼就認出史可法堪為繼志之士、可造之材？總不能都認為事有前定，天機難洩，其中必定有一些同心共感之情，超越於兩人年齡與認知的差異，相互浸潤，才讓方苞、戴名世以筆墨為兩人描形繪影，傳其聲色於人間。

然後呢？

然後戴名世因《南山集》一案被處死，還連累他的老師方苞也入獄，幸得李光地等人營救，方得赦免。方苞在〈獄中雜記〉中記載當時見聞，但有這麼一句：「余伏見聖上好生之德，同於往聖。」依《清史稿》所載，他後來以布衣入值南書房，在皇帝身邊辦事，看似遠離了監獄，但卻也未必。他幾度以足疾辭官，都不受准，八十歲時才以身多疾病，由大學士代為奏請還鄉，過沒兩年，也就病逝了。

這世界果然就真的像一所巨大的監獄，把所有人都關在裡面，白間短窄，單扉低小，巨大的黑暗在後面等著要吞噬人們的希望。十九世紀末，日本首相伊藤博文下令建造在北海道建立五所集治監獄，用以囚禁民權分子。他們把囚犯當工人，讓他們去做修路、挖煤、採硫磺的苦役，因此而死的囚犯動輒數以百計。他們唯一的希望就是明治天皇駕崩時會施行大赦，於是外出工作，和村人擦肩而過的時候，總會悄悄問一聲：天皇安康否？

用一個遙遠的死亡來換取自由很荒謬嗎？比起期望現狀能有所改變，期望生活能更美好呢？但這些都是過去的事情了。傅柯說，現在的監獄其實是一種資本主義經濟的產物，遵循的是資本主義經濟的管理原則。他們不是以消滅犯罪為目的，而是想把這些人的身體改造成有利於社會生產與發展，以社會的需要為目的。那麼，有形的監獄跟無形的監獄，似乎也沒有什麼差別，自由只是一種遙遠的企望，可望而不可及。

那麼，我們就可以不再希望了嗎？

那時，我們是年輕，讀到〈左忠毅公逸事〉，哀傷歎惋自難免。但隱隱有種感覺，感覺這世界暗處那堵無可逾越的高牆，因為這些熊熊燃燒的熱情，入世者自我犧牲的心念，在牢不可破的牆面上鑿出了窗孔。每當氣悶難耐的時刻，看著窗外透進的天光，感到萬千沉寂的星辰，又再度發亮……

於是相信，此時，我們仍年輕。

延伸閱讀——●

米歇爾．傅柯，《規訓與懲罰》，桂冠。

妹尾河童，《窺看日本》，遠流。

陳列，《躊躇之歌》，印刻。

人才養成遊戲

——讀〈病梅館記〉

「老師，作文要怎麼寫？」B問我。

那時我們在南昌路上新開的鬍鬚張吃飯，正東拉西扯聊一些言不及義的東西。旁邊一對老夫婦不時斜眼看著我們，彷彿看到甚麼奇人異事引起興趣了，又不好意思正大光明開口攀談——或許他們覺得這邊的話題比滷得噴香的豬腳蹄筋還美味？

我喝了一口金針排骨湯：「啥？」

B是我班上的學生，個頭不高，皮膚白淨，又有些娃娃臉，但鬍根青青，很有發展成店招牌上鬍鬚張畫像的潛力。他從前因為某些因素曾經在國外晃蕩耗掉一年，年紀比其他人要大上一歲，說話有時老氣橫秋，和長相摻和在一起，就有了一種奇妙的矛盾感，像是小孩硬要開大車，總讓人覺得逞強過頭會出事。

B說他一直很困擾，想到再過不久就要面臨大學學測，作文還是一團糟，心裡就不由自主焦急，生怕因為這個弱點，錯過第一志願的科系。

「或許我應該去補習班補作文？」B問。

我突然想起兩個小時前，國中基測考場裡坐在講台正前方的那個長髮妹妹。就一個十五歲小女孩而言，她長得異乎尋常的甜美，尤其右臉頰上一顆像極楊丞琳的痣，讓整個人顯得很俏皮。當她側著頭閱讀題本，撩起髮鬢露出專注的神情，讓人毫不懷疑這必定是個成績很好的女孩。

這是二次基測第一天的最後一節，考的科目是寫作測驗。我所監考的這個考場，很難得的，並無一人缺考。即使是那些只花五分鐘就畫完答案卡，接下來的時間都趴在桌上呼呼大睡的學生，也很盡責地用扭曲的字體填滿作文答案卷的格子，無比堅持地考完所有的科目。我毫無理由地疲倦了，和我一同監考的實習老師在教室後方已經偷偷打起瞌睡，我只好四處巡視，又轉回頭去看那女生到底寫了甚麼。我看見她在試題本的空白處打了密密麻麻的草稿，心裡一陣好奇，再仔細一看，原來是好多人名和所謂的「應考必備佳句」，而她正試圖把這些句子全安插到四段大綱底下，其中一句是拿破崙的話：在我的字典裡……

這時，我開始覺得她振筆疾書的樣子很可憐，甜美的面容光彩盡失。

「聽起來像是套公式，這該不會是補習班教的吧？」B問。

我說這倒也未必，聽說有些國中老師也是這樣教作文的，教得千人一面，文章都喪失自我。這應該不是教改的原意，卻是它造成的結果，更可怕的是，這個結果卻要讓學生背負一生，他們對於作文的認知，或許就永遠停留在這裡了。

「那我們豈不更慘，那時基測沒考作文，老師樂得把時間省下來讓我們寫測驗題；他們是喪失自我，我們卻是全然無知，大家半斤八兩。」B覺得很沮喪。

感時憂國了好一陣子，我開始面授機宜，鬧市傳功，把一些寫作的原則和方法擇精揀要說了一說，不曉得B是否打消了補習作文的念頭。而後各自回家，搭乘捷運穿越黑暗地底，漫長的晃蕩中，腦子裡老是糾纏著這首詩：「九州生氣恃風雷，萬馬齊瘖究可哀。我勸天公重抖擻，不拘一格降人材！」

這是龔自珍《己亥雜詩》當中的一首。龔自珍，號定盦。生於乾隆五十七年（西元一七九二年），卒於道光二十一年（西元一八四一年），年五十。他是嘉慶道光年間今文經學派的重要代表人物，也是近代思想家。龔自珍的外祖父是作説文解字注的段玉裁，在外祖父的教導下，奠定了他對小學、經學、考據學的基礎；加上他閱讀廣博，對儒道佛史無一不精，造就他博學多聞的一面。

在龔自珍所處的乾嘉之世，清朝國勢已逐漸走向衰微，但舉國沉酣，不知天下大勢何如。龔自珍對此深有所感，但他一生在官場上並不順利，他本來希望學優而仕，卻無法如願：二十六歲中舉人，到三十八歲始中進士，卻因為字體不合規範，沉淪下僚。他四十八歲選擇辭官南歸，在這二十年之間，龔自珍所擔任的官職都很卑微。但他長期擔任基層官吏，接觸社會現實，故能洞明時局；而屢次科考失意更使他體察政治腐敗，產生革新圖強的思想。他質疑當時流行的考據之學真有經世濟民之用，於是改以公羊學的微言大義，開經義論政之風，在當時引領一時風騷：「曩者光緒中葉，海內風尚《公羊》之學，後生晚進，莫不手先生文一編。」（葉德輝，《郋園北游文存・龔定庵年譜外紀序》）

當龔自珍大嘆沒有人才，當他慨嘆制度扼殺人才，我不禁想像，在這個摩登時代，一切都已改變，變得更美好更光明，更重視每一個人存在的價值。我們應該有理由有資格去審視百餘年前的一切，並且笑笑的說：「我們真是幸運，生活在現代制度的庇蔭之下，可以不用經歷那些我們祖先所經歷過的狗屎……」

但，這種話我說不出口。

之前每個開車到學校上課的早晨，我聽著電台裡的女作家說她從小數理不好，幾乎成為聯考敗將；所幸一枝生花妙筆挽救頹勢，她成為一名作家，後來更翻身成為大學教授。當她開始販賣作文教材的時候，日光透過車窗射入我的瞳孔，這理性與資本利益構築的世界變得刺眼明朗，而我知道她所依憑的天賦才能，降臨在她身上的巨大幸運，對我的學生而言，已是一種遙不可及的夢想了。

沙特說：「在我的空中樓閣裡，我是國王，是天下第一且無人可比，但當人們使我服從於一般的法則時，我則落到了底層。」此時此刻，我回到家中，想著我如何消磨接下來的漫長暑假：給自己安排出國旅行，或者甚麼都不做，真正當一個安安分分的宅男。但我知道，我的學生B正準備翻開書本，迎戰那些所謂「一般的法則」，好順利走向自己的光明人生，而我對此，竟已是完全的無能為力了。

延伸閱讀

沙特，《沙特的詞語》，左岸。

附錄——古文

大同與小康

《禮記》

昔者，仲尼與於蜡賓，事畢，出遊於觀之上，喟然而歎。仲尼之歎，蓋歎魯也。言偃在側曰：「君子何歎？」孔子曰：「大道之行也，與三代之英，丘未之逮也，而有志焉。大道之行也，天下為公。選賢與能，講信修睦，故人不獨親其親，不獨子其子，使老有所終，壯有所用，幼有所長，矜寡孤獨廢疾者皆有所養。男有分，女有歸。貨惡其棄於地也，不必藏於己；力惡其不出於身也，不必為己。是故謀閉而不興，盜竊亂賊而不作，故外戶而不閉，是謂『大同』。

今大道既隱，天下為家，各親其親，各子其子，貨力為己，大人世及以為禮，城郭溝池以為固，禮義以為紀。以正君臣，以篤父子，以睦兄弟，以和夫婦，以設制度，以立田里，以賢勇知，以功為己。故謀用是作，而兵由此起。禹、湯、文、武、成王、周公，由此其選也。此六君子者，未有不謹於禮者也。以著其義，以考其信，著有過，刑仁講讓，示民有常。如有不由此者，在勢者去，眾以為殃，是謂『小康』。」

燭之武退秦師

《左傳・僖公三十年》

晉侯、秦伯圍鄭，以其無禮於晉，且貳於楚也。晉軍函陵，秦軍氾南。

佚之狐言於鄭伯曰：「國危矣！若使燭之武見秦君，師必退。」公從之。辭曰：「臣之壯也，猶不如人。今老矣，無能為也已。」公曰：「吾不能早用子，今急而求子，是寡人之過也。然鄭亡，子亦有不利焉。」許之。

夜縋而出。見秦伯曰：「秦晉圍鄭，鄭既知亡矣。若亡鄭而有益於君，敢以煩執事。越國以鄙遠，君知其難也。焉用亡鄭以陪鄰？鄰之厚，君之薄也。若舍鄭以為東道主，行李之往來，共其乏困，君亦無所害。且君嘗為晉君賜矣，許君焦、瑕，朝濟而夕設版焉，君之所知也。夫晉，何厭之有？既東封鄭，又欲肆其西封，若不闕秦，將焉取之？闕秦以利晉，唯君圖之。」

秦伯說，與鄭人盟。使杞子、逢孫、楊孫戍之，乃還。

子犯請擊之，公曰：「不可，微夫人力不及此。因人之力而敝之，不仁；失其所與，不知；以亂易整，不武。吾其還也。」亦去之。

勸學

《荀子》

君子曰：學不可以已。青，取之於藍，而青於藍；冰，水為之，而寒於水。木直中繩，輮以為輪，其曲中規，雖有槁暴，不復挺者，輮使之然也。故木受繩則直，金就礪則利，君子博學而日參省乎己，則知明而行無過矣。故不登高山，不知天之高也；不臨深谿，不知地之厚也；不聞先王之遺言，不知學問之大也。干、越、夷、貉之子，生而同聲，長而異俗，教使之然也。

吾嘗終日而思矣，不如須臾之所學也。吾嘗跂而望矣，不如登高之博見也。登高而招，臂非加長也，而見者遠；順風而呼，聲非加疾也，而聞者彰。假輿馬者，非利足也，而致千里；假舟楫者，非能水也，而絕江河。君子生非異也，善假於物也。

南方有鳥焉，名曰蒙鳩，以羽為巢，而編之以髮，繫之葦苕。風至苕折，卵破子死。巢非不完也，所繫者然也。西方有木焉，名曰射干，莖長四寸，生於高山之上，而臨百仞之淵。木莖非能長也，所立者然也。蓬生麻中，不扶而直；白沙在涅，與之俱黑。蘭槐之根是為芷，其漸之滫，君子不近，庶人不服。其質非不美也，所漸者然也。故君子居必擇鄉，遊必就士，所以防邪辟而近中正也。

物類之起，必有所始；榮辱之來，必象其德。肉腐出蟲，魚枯生蠹。怠慢忘身，禍災乃作。強自取柱，柔自取束。邪穢在身，怨之所構。施薪若一，火就燥也；平地若一，水就溼也。草木疇生，禽獸群焉，物各從其類也。是故質的張，而弓矢至焉，林木茂，而斧斤至焉，樹成蔭，而眾鳥息焉，醯酸，而蜹聚焉。故言有招禍也，行有招辱也，君子慎其所立乎！

積土成山，風雨興焉；積水成淵，蛟龍生焉；積善成德，而神明自得，聖心備焉。故不積蹞步，無以致千里；不積小流，無以成江海。騏驥一躍，不能十步；駑馬十駕，功在不舍。鍥而舍之，朽木不折；鍥而不舍，金石可鏤。螾無爪牙之利，筋骨之強，上食埃土，下飲黃泉，用心一也。蟹六跪而二螯，非蛇蟺之穴，無可寄託者，用心躁也。是故無冥冥之志者，無昭昭之明；無惛惛之事者，無赫赫之功。行衢道者不至，事兩君者不容。目不能兩視而明，耳不能兩聽而聰。螣蛇無足而飛，梧鼠五技而窮。詩曰：「尸鳩在桑，其子七兮。淑人君子，其儀一兮。其儀一兮，心如結兮。」故君子結於一也。

昔者瓠巴鼓瑟，而流魚出聽；伯牙鼓琴，而六馬仰秣。故聲無小而不聞，行無隱而不形。玉在山而草木潤，淵生珠而崖不枯。為善不積邪，安有不聞者乎？

學惡乎始？惡乎終？曰：其數則始乎誦經，終乎讀禮；其義則始乎為士，終乎為聖人。真積力久則入，學至乎沒而後止也。故學數有終，若其義則不可須臾舍也。

諫逐客書

李斯

臣聞吏議逐客，竊以為過矣。昔穆公求士，西取由余於戎，東得百里奚於宛，迎蹇叔於宋，來丕豹、公孫支於晉。此五子者，不產於秦，而穆公用之，并國二十，遂霸西戎。孝公用商鞅之法，移風易俗，民以殷盛，國以富強。百姓樂用，諸侯親服。獲楚、魏之師，舉地千里，至今治彊。惠王用張儀之計，拔三川之地，西并巴蜀，北收上郡，南取漢中，包九夷，制鄢郢，東據成皐之險，割膏腴之壤。遂散六國之從，使之西面事秦，功施到今。昭王得范睢，廢穰侯，逐華陽，強公室，杜私門，蠶食諸侯，使秦成帝業。此四君者，皆以客之功。由此觀之，客何負於秦哉？向使四君卻客而不內，疏士而不用，是使國無富利之實，而秦無彊大之名也。

今陛下致昆山之玉，有隨和之寶，垂明月之珠，服太阿之劍，乘纖離之馬，建翠鳳之旗，樹靈鼉之鼓。此數寶者，秦不生一焉，而陛下說之，何也？必秦國之所生然後可，則是夜光之璧不飾朝廷，犀象之器不為玩好，鄭魏之女不充後宮，而駿馬駃騠不實外廄，江南金錫不為用，西蜀丹青不為采。所以飾後宮、充下陳、娛心意、說耳目者，必出於秦然後可，則是宛珠之簪、傅璣之珥、阿縞之衣、錦繡之飾不進於前，而隨俗雅化、佳冶窈窕趙女不立於側也。夫擊甕叩缶、彈箏搏髀而歌呼嗚嗚快耳目者，真秦之聲也。鄭衛桑間、韶虞武象者，異國之樂也。今棄擊甕而就鄭衛，退彈箏而取韶虞，若是者何也？快意當前適觀而已矣。

今取人則不然，不問可否，不論曲直，非秦者去，為客者逐。然則是所重者在乎色樂珠玉，而所輕者在乎民人也！此非所以跨海內、制諸侯之術也。

臣聞地廣者粟多，國大者人眾，兵彊則士勇。是以泰山不讓土壤，故能成其大；河海不擇細流，故能就其深；王者不卻眾庶，故能明其德。是以地無四方，民無異國，四時充美，鬼神降福，此五帝三王之所以無敵也。今乃棄黔首以資敵國，卻賓客以業諸侯，使天下之士，退而不敢西向，裹足不入秦，此所謂藉寇兵而齎盜糧者也。夫物不產於秦，可寶者多；士不產於秦，而願忠者眾。今逐客以資敵國，損民以益讎，內自虛而外樹怨於諸侯，求國之無危，不可得也。

漁父

《楚辭》屈原

屈原既放，游於江潭，行吟澤畔，顏色憔悴，形容枯槁。漁父見而問之曰：「子非三閭大夫與？何故至於斯？」屈原曰：「舉世皆濁我獨清，眾人皆醉我獨醒，是以見放。」

漁父曰：「聖人不凝滯於物，而能與世推移。世人皆濁，何不淈其泥而揚其波？眾人皆醉，何不餔其糟而歠其釃？何故深思高舉，自令放為？」

屈原曰：「吾聞之，新沐者必彈冠，新浴者必振衣；安能以身之察察，受物之汶汶者乎？寧赴湘流，葬於江魚之腹中；安能以皓皓之白，而蒙世俗之塵埃乎？」

漁父莞爾而笑，鼓枻而去，乃歌曰：「滄浪之水清兮，可以濯吾纓；滄浪之水濁兮，可以濯吾足。」遂去，不復與言。

馮諼客孟嘗君

《戰國策》

齊人有馮諼者，貧乏不能自存，使人屬孟嘗君，願寄食門下。孟嘗君曰：「客何好？」曰：「客無好也。」曰：「客何能？」曰：「客無能也。」孟嘗君笑而受之，曰：「諾！」左右以君賤之也，食以草具。

居有頃，倚柱彈其劍，歌曰：「長鋏歸來乎！食無魚！」左右以告。孟嘗君曰：「食之，比門下之客。」居有頃，復彈其鋏，歌曰：「長鋏歸來乎！出無車！」左右皆笑之，以告。孟嘗君曰：「為之駕，比門下之車客。」於是，乘其車，揭其劍，過其友，曰：「孟嘗君客我！」後有頃，復彈其劍鋏，歌曰：「長鋏歸來乎！無以為家！」左右皆惡之，以為貪而不知足。孟嘗君問：「馮公有親乎？」對曰：「有老母！」孟嘗君使人給其食用，無使乏。於是馮諼不復歌。

後孟嘗君出記，問門下諸客：「誰習計會，能為文收責於薛者乎？」馮諼署曰：「能！」孟嘗君怪之曰：「此誰也？」左右曰：「乃歌夫長鋏歸來者也。」孟嘗君笑曰：「客果有能也。吾負之，未嘗見也。」請而見之，謝曰：「文倦於事，憒於憂，而性懧愚，沉於國家之事，開罪於先生。先生不羞，乃有意欲為收責於薛乎？」馮諼曰：「願之！」於是約車治裝，載券契而行，辭曰：「責收畢，以何市而反？」孟嘗君曰：「視吾家所寡有者！」驅而之薛。使吏召諸民當償者，悉來合券。券遍合，起矯命以責賜諸民，因燒其券，民稱萬歲。長驅到齊，晨而求見。孟嘗君怪其疾也，衣冠而見之，曰：「責畢收乎？來何疾也！」曰：「收畢矣！」「以何市而反？」馮諼曰：「君云『視吾家所寡有者。』臣竊計君宮中積珍寶，狗馬實外廄，美人充下陳。君家所寡有者以義耳！竊以為君市義。」孟嘗君曰：「市義奈何？」曰：「今君有區區之薛，不拊愛子其民，因而賈利之。臣竊矯君命，以責賜諸民，因燒其券，民稱萬歲，乃臣所以為君市義也。」孟嘗君不說，曰：「諾！先生休矣！」

後期年，齊王謂孟嘗君曰：「寡人不敢以先王之臣為臣！」孟嘗君就國於薛，未至百里，民扶老攜幼，迎君道中。孟嘗君顧謂馮諼曰：「先生所為文市義者，乃今日見之。」馮諼曰：「狡兔有三窟，僅得免其死耳。今君有一窟，未得高枕而臥也，請為君復鑿二窟。」孟嘗君予車五十乘，金五百斤，西遊於梁，謂惠王曰：「齊放其大臣孟嘗君於諸侯，諸侯先迎之者富而兵強！」於是，梁王虛上位，以故相為上將軍，遣使者，黃金千斤，車百乘，往聘孟嘗君。馮諼先驅，誡孟嘗君曰：「千金，重幣也；百乘，顯使也。齊其聞之矣！」梁使三反，孟嘗君固辭不往也。

齊王聞之，君臣恐懼，遣太傅齎黃金千斤，文車二駟，服劍一，封書謝孟嘗君曰：「寡人不祥，被於宗廟之祟，沉於諂諛之臣，開罪於君，寡人不足為也。願君顧先王之宗廟，姑反國統萬人乎？」馮諼誡孟嘗君曰：「願請先王之祭器，立宗廟於薛。」廟成，還報孟嘗君曰：「三窟已就，君姑高枕為樂矣！」

孟嘗君為相數十年，無纖介之禍者，馮諼之計也。

過秦論

賈誼

秦孝公據殽函之固，擁雍州之地，君臣固守，以窺周室。有席卷天下，包舉宇內，囊括四海之意，并吞八荒之心。當是時，商君佐之，內立法度，務耕織，修守戰之具，外連衡而鬥諸侯。於是秦人拱手而取西河之外。

孝公既沒，惠文、武、昭襄蒙故業，因遺策，南取漢中，西舉巴蜀，東割膏腴之地，北收要害之郡。諸侯恐懼，會盟而謀弱秦，不愛珍器重寶肥饒之地，以致天下之士。合從締交，相與為一。當此之時，齊有孟嘗，趙有平原，楚有春申，魏有信陵。此四君者，皆明智而忠信，寬厚而愛人，尊賢重士，約從離橫，兼韓、魏、燕、楚、齊、趙、宋、衛、中山之眾。於是六國之士，有甯越、徐尚、蘇秦、杜赫之屬為之謀，齊明、周最、陳軫、昭滑、樓緩、翟景、蘇厲、樂毅之徒通其意，吳起、孫臏、帶佗、兒良、王廖、田忌、廉頗、趙奢之倫制其兵。嘗以十倍之地，百萬之眾，叩關而攻秦。秦人開關延敵，九國之師，逡巡遁逃而不敢進。秦無亡矢遺鏃之費，而天下諸侯已困矣。於是從散約解，爭割地而賂秦。秦有餘力而制其敝，追亡逐北，伏尸百萬，流血漂櫓。因利乘便，宰割天下，分裂河山，強國請服，弱國入朝。施及孝文王、莊襄王，享國日淺，國家無事。

及至始皇，奮六世之餘烈，振長策而御宇內，吞二周而亡諸侯，履至尊而制六合，執捶拊以鞭笞天下，威振四海。南取百越之地以為桂林、象郡。百越之君，俛首係頸，委命下吏。乃使蒙恬北築長城而守藩籬，卻匈奴七百餘里。胡人不敢南下而牧馬，士不敢彎弓而報怨。於是廢先王之道，燔百家之言，以愚黔首；隳名城，殺豪俊，收天下之兵，聚之咸陽，銷鋒鍉，鑄以為金人十二，以弱天下之民。然後踐華為城，因河為池，據億丈之城，臨不測之谿以為固。良將勁弩，守要害之處；信臣精卒，陳利兵而誰何？天下已定，始皇之心，自以為關中之固，金城千里，子孫帝王萬世之業也。

始皇既沒，餘威震於殊俗。然而陳涉，甕牖繩樞之子，甿隸之人，而遷徙之徒也。才能不及中人，非有仲尼、墨翟之賢，陶朱、猗頓之富。躡足行伍之間，而倔起阡陌之中。率罷散之卒，將數百之眾，轉而攻秦。斬木為兵，揭竿為旗，天下雲集而響應，贏糧而景從，山東豪俊，遂並起而亡秦族矣。

且夫天下非小弱也，雍州之地，殽函之固，自若也；陳涉之位，非尊於齊、楚、燕、趙、韓、魏、宋、衛、中山之君也；鉏耰棘矜，非銛於鉤戟長鎩也；謫戍之眾，非抗於九國之師也；深謀遠慮，行軍用兵之道，非及曩時之士也；然而成敗異變，功業相反也。試使山東之國，與陳涉度長絜大，比權量力，則不可同年而語矣。然秦以區區之地，致萬乘之權，招八州而朝同列，百有餘年矣。然後以六合為家，殽函為宮，一夫作難而七廟隳，身死人手，為天下笑者，何也？仁義不施，而攻守之勢異也。

鴻門宴

《史記・項羽本紀》司馬遷

楚軍夜擊，阬秦卒二十餘萬人新安城南。行略定秦地，至函谷關。有兵守關，不得入。又聞沛公已破咸陽，項羽大怒，使當陽君等擊關。項羽遂入，至于戲西。沛公軍霸上，未得與項羽相見。沛公左司馬曹無傷使人言於項羽曰：「沛公欲王關中，使子嬰為相，珍寶盡有之。」項羽大怒，曰：「旦日饗士卒，為擊破沛公軍！」當是時，項羽兵四十萬，在新豐鴻門；沛公兵十萬，在霸上。范增說項羽曰：「沛公居山東時，貪於財貨，好美姬。今入關，財物無所取，婦女無所幸，此其志不在小。吾令人望其氣，皆為龍虎，成五采，此天子氣也。急擊勿失！」

楚左尹項伯者，項羽季父也，素善留侯張良。張良是時從沛公。項伯乃夜馳之沛公軍，私見張良，具告以事，欲呼張良與俱去，曰：「毋從俱死也！」張良曰：「臣為韓王送沛公，沛公今事有急，亡去不義，不可不語。」良乃入，具告沛公。沛公大驚，曰：「為之奈何？」張良曰：「誰為大王為此計者？」曰：「鯫生說我曰：『距關，毋內諸侯，秦地可盡王也』。故聽之。」良曰：「料大王士卒足以當項王乎？」沛公默然，曰：「固不如也，且為之奈何？」張良曰：「請往謂項伯，言『沛公不敢背項王』也。」沛公曰：「君安與項伯有故？」張良曰：「秦時與臣游，項伯殺人，臣活之。今事有急，故幸來告良。」沛公曰：「孰與君少長？」良曰：「長於臣。」沛公曰：「君為我呼入，吾得兄事之。」張良出，要項伯。項伯即入見沛公。沛公奉卮酒為壽，約為婚姻，曰：「吾入關，秋毫不敢有所近，籍吏民，封府庫，而待將軍。所以遣將守關者，備他盜之出入與非常也。日夜望將軍至，豈敢反乎！願伯具言臣之不敢倍德也。」項伯許諾。謂沛公曰：「旦日不可不蚤自來謝項王。」沛公曰：「諾！」於是項伯復夜去，至軍中，具以沛公言報項王。因言曰：「沛公不先破關中，公豈敢入乎？今人有大功而擊之，不義也。不如因善遇之。」項王許諾。

沛公旦日從百餘騎來見項王，至鴻門，謝曰：「臣與將軍戮力而攻秦，將軍戰河北，臣戰河南，然不自意能先入關破秦，得復見將軍於此。今者有小人之言，令將軍與臣有郤。」項王曰：「此沛公左司馬曹無傷言之；不然，籍何以至此？」項王即日因留沛公與飲。項王、項伯東嚮坐；亞父南嚮坐——亞父者，范增也；沛公北嚮坐；張良西嚮侍。范增數目項王，舉所佩玉玦以示之者三，項王默然不應。范增起，出召項莊，謂曰：「君王為人不忍，若入前為壽，壽畢，請以劍舞，因擊沛公於坐，殺之。不者，若屬皆且為所虜。」莊則入為壽。壽畢，曰：「君王與沛公飲，軍中無以為樂，請以劍舞。」項王曰：「諾！」項莊拔劍起舞，項伯亦拔劍起舞，常以身翼蔽沛公，莊不得擊。於是張良至軍門，見樊噲。樊噲曰：「今日之事何如？」良曰：「甚急！今者項莊拔劍舞，其意常在沛公也。」噲曰：「此迫矣！臣請入，與之同命！」噲即帶劍擁盾入軍門。交戟之衛士欲止不內，樊噲側其盾以撞，衛士仆地。噲遂入，披帷西嚮立，瞋目視項王，頭髮上指，目眥盡裂。項王按劍而跽曰：「客何為者？」張良曰：「沛公之參乘樊噲者也。」項王曰：「壯士！賜之卮酒。」則與斗卮酒。噲拜謝，起，立而飲之。項王曰：「賜之彘肩。」則與一生彘肩。樊噲覆其盾於地，加彘肩上，拔劍切而啗之。項王曰：「壯士！能復飲乎？」樊噲曰：「臣死且不避，卮酒安足辭！夫秦王有虎狼之心，殺人如不能舉，刑人如恐不勝，天下皆叛之。懷王與諸將約曰：『先破秦入咸陽者王之。』今沛公先破秦入咸陽，毫毛不敢有所近，封閉宮室，還軍霸上，以待大王來。故遣將守關者，備他盜出入與非常也。勞苦而功高如此，未有封侯之賞，而聽細說，欲誅有功之人，此亡秦之續耳，竊為大王不取也。」項王未有以應，曰：「坐！」樊噲從良坐。

坐須臾，沛公起如廁，因招樊噲出。沛公已出，項王使都尉陳平召沛公。沛公曰：「今者出，未辭也，為之奈何？」樊噲曰：「大行不顧細謹，大禮不辭小讓。如今人方為刀俎，我為魚肉，何辭為？」於是遂去。乃令張良留謝。良問曰：「大王來何操？」曰：「我持白璧一雙，欲獻項王；玉斗一雙，欲與亞父。會其怒，不敢獻。公為我獻之。」張良曰：「謹諾。」當是時，項王軍在鴻門下，沛公軍在霸上，相去四十里。沛公則置車騎，脫身獨騎，與樊噲、夏侯嬰、靳彊、紀信等四人持劍盾步走，從酈山下，道芷陽，閒行。沛公謂張良曰：「從此道至吾軍，不過二十里耳。度我至軍中，公乃入。」沛公已去，閒至軍中，張良入謝，曰：「沛公不勝桮杓，不能辭。謹使臣良奉白璧一雙，再拜獻大王足下；玉斗一雙，再拜奉大將軍足下。」項王曰：

「沛公安在？」良曰：「聞大王有意督過之，脫身獨去，已至軍矣。」項王則受璧，置之坐上。亞父受玉斗，置之地，拔劍撞而破之，曰：「唉！豎子不足與謀。奪項王天下者，必沛公也，吾屬今為之虜矣！」沛公至軍，立誅殺曹無傷。

登樓賦

王粲

登茲樓以四望兮，聊暇日以銷憂。覽斯宇之所處兮，實顯敞而寡仇。挾清漳之通浦兮，倚曲沮之長洲。背墳衍之廣陸兮，臨皋隰之沃流。北彌陶牧，西接昭邱。華實蔽野，黍稷盈疇。雖信美而非吾土兮，曾何足以少留！

遭紛濁而遷逝兮，漫踰紀以迄今。情眷眷而懷歸兮，孰憂思之可任？憑軒檻以遙望兮，向北風而開襟。平原遠而極目兮，蔽荊山之高岑。路逶迤而修迥兮，川既漾而濟深。悲舊鄉之壅隔兮，涕橫墜而弗禁。昔尼父之在陳兮，有歸歟之嘆音。鍾儀幽而楚奏兮，莊舄顯而越吟。人情同於懷土兮，豈窮達而異心！

惟日月之逾邁兮，俟河清其未極。冀王道之一平兮，假高衢而騁力。懼匏瓜之徒懸兮，畏井渫之莫食。步棲遲以徙倚兮，白日忽其將匿。風蕭瑟而並興兮，天慘慘而無色。獸狂顧以求群兮，鳥相鳴而舉翼。原野闃其無人兮，征夫行而未息。心悽愴以感發兮，意忉怛而憯惻。循階除而下降兮，氣交憤於胸臆。夜參半而不寐兮，悵盤桓以反側。

答夫秦嘉書

徐淑

知屈珪璋，應奉歲使，策名王府，觀國之光，雖失高素皓然之業，亦是仲尼執鞭之操也。自初承問，心願東還，迫疾未宜，抱歎而已。日月已盡，行有伴例。想嚴莊已辦，發邁在近。誰謂宋遠，企予望之。室邇人遐，我勞如何。深谷逶迤，而君是涉；高山巖巖，而君是越，斯亦難矣，長路悠悠，而君是踐，冰霜慘烈，而君是履，身非形影，何得動而輒俱，體非比目，何得同而不離？於是詠萱草之喻，以消兩家之思；割今者之恨，以待將來之歡。

今適樂土，優遊京邑，觀王都之壯麗，察天下之珍妙，得無目玩意移，往而不能出耶？

典論・論文

《典論》曹丕

文人相輕，自古而然。傅毅之於班固，伯仲之間耳，而固小之，與弟超書曰：「武仲以能屬文，為蘭臺令史，下筆不能自休。」夫人善於自見，而文非一體，鮮能備善，是以各以所長，相輕所短。里語曰：「家有弊帚，享之千金。」斯不見之患也。今之文人：魯國孔融文舉，廣陵陳琳孔璋，山陽王粲仲宣，北海徐幹偉長，陳留阮瑀元瑜，汝南應瑒德璉，東平劉楨公幹，斯七子者，於學無所遺，於辭無所假，咸自騁驥騄於千里，仰齊足而並馳。以此相服，亦良難矣！蓋君子審己以度人，故能免於斯累，而作論文。

王粲長於辭賦，徐幹時有齊氣，然粲之匹也。如粲之〈初征〉、〈登樓〉、〈槐賦〉、〈征思〉，幹之〈玄猿〉、〈漏卮〉、〈圓扇〉、〈橘賦〉，雖張、蔡不過也。然於他文，未能稱是。琳、瑀之章表書記，今之雋也。應瑒和而不壯，劉楨壯而不密。孔融體氣高妙，有過人者，然不能持論，理不勝辭，以至乎雜以嘲戲，及其所善，揚、班儔也。

常人貴遠賤近，向聲背實，又患闇於自見，謂己為賢。夫文，本同而末異。蓋奏議宜雅，書論宜理，銘誄尚實，詩賦欲麗。此四科不同，故能之者偏也。唯通才能備其體。

文以氣為主，氣之清濁有體，不可力強而致。譬諸音樂，曲度雖均，節奏同檢，至於引氣不齊，巧拙有素，雖在父兄，不能以移子弟。

蓋文章，經國之大業，不朽之盛事。年壽有時而盡，榮樂止乎其身，二者必至之常期，未若文章之無窮。是以古之作者，寄身於翰墨，見意於篇籍，不假良史之辭，不託飛馳之勢，而聲名自傳於後。故西伯幽而演易，周旦顯而制禮，不以隱約而弗務，不以康樂而加思。夫然，則古人賤尺璧而重寸陰，懼乎時之過已。而人多不強力，貧賤則懾於饑寒，富貴則流於逸樂，營遂目前之務，而遺千載之功。日月逝於上，體貌衰於下，忽然與萬物遷化，斯志士之大痛也！融等已逝，唯幹著論，成一家言。

前出師表

諸葛亮

臣亮言：先帝創業未半，而中道崩殂。今天下三分，益州疲弊，此誠危急存亡之秋也。然侍衛之臣不懈於內，忠志之士忘身於外者，蓋追先帝之殊遇，欲報之於陛下也。誠宜開張聖聽，以光先帝遺德，恢弘志士之氣。不宜妄自菲薄，引喻失義，以塞忠諫之路也。

宮中府中，俱為一體，陟罰臧否，不宜異同。若有作姦犯科，及為忠善者，宜付有司，論其刑賞，以昭陛下平明之理。不宜偏私，使內外異法也。

侍中、侍郎郭攸之、費禕、董允等，此皆良實，志慮忠純，是以先帝簡拔以遺陛下。愚以為宮中之事，事無大小，悉以咨之，然後施行，必能裨補闕漏，有所廣益。將軍向寵，性行淑均，曉暢軍事，試用於昔日，先帝稱之曰能，是以眾議舉寵為督。愚以為營中之事，悉以咨之，必能使行陣和睦，優劣得所。親賢臣，遠小人，此先漢所以興隆也；親小人，遠賢臣，此後漢所以傾頹也。先帝在時，每與臣論此事，未嘗不歎息痛恨於桓、靈也。侍中、尚書、長史、參軍，此悉貞亮死節之臣也，願陛下親之信之，則漢室之隆，可計日而待也。

臣本布衣，躬耕於南陽，苟全性命於亂世，不求聞達於諸侯。先帝不以臣卑鄙，猥自枉屈，三顧臣於草廬之中，咨臣以當世之事，由是感激，遂許先帝以驅馳。後值傾覆，受任於敗軍之際，奉命於危難之間，爾來二十有一年矣。先帝知臣謹慎，故臨崩寄臣以大事也。受命以來，夙夜憂勤，恐託付不效，以傷先帝之明。故五月渡瀘，深入不毛。今南方已定，兵甲已足，當獎率三軍，北定中原，庶竭駑鈍，攘除奸凶，興復漢室，還於舊都。此臣所以報先帝而忠陛下之職分也。至於斟酌損益，進盡忠言，則攸之、禕、允之任也。願陛下託臣以討賊興復之效，不效，則治臣之罪，以告先帝之靈。若無興德之言，則責攸之、禕、允等之慢，以彰其咎。陛下亦宜自課，以諮諏善道，察納雅言，深追先帝遺詔。臣不勝受恩感激，今當遠離，臨表涕泣，不知所云。

蘭亭集序

王羲之

永和九年，歲在癸丑，暮春之初，會于會稽山陰之蘭亭，脩禊事也。群賢畢至，少長咸集。此地有崇山峻嶺、茂林脩竹；又有清流激湍，映帶左右。引以為流觴曲水，列坐其次。雖無絲竹管絃之盛，一觴一詠，亦足以暢敘幽情。

是日也，天朗氣清，惠風和暢。仰觀宇宙之大，俯察品類之盛，所以遊目騁懷，足以極視聽之娛，信可樂也。

夫人之相與，俯仰一世，或取諸懷抱，悟言一室之內；或因寄所託，放浪形骸之外。雖趣舍萬殊，靜躁不同。當其欣於所遇，暫得於己，快然自足，不知老之將至。及其所之既倦，情隨事遷，感慨係之矣。向之所欣，俛仰之間，以為陳跡，猶不能不以之興懷。況脩短隨化，終期於盡。古人云：「死生亦大矣。」豈不痛哉！

每覽昔人興感之由，若合一契，未嘗不臨文嗟悼，不能喻之於懷。固知一死生為虛誕，齊彭殤為妄作。後之視今，亦由今之視昔，悲夫！故列敘時人，錄其所述。雖世殊事異，所以興懷，其致一也。後之覽者，亦將有感於斯文。

桃花源記

陶淵明

晉太元中，武陵人，捕魚為業。緣溪行，忘路之遠近。忽逢桃花林，夾岸數百步，中無雜樹，芳草鮮美，落英繽紛。漁人甚異之。復前行，欲窮其林。林盡水源，便得一山。山有小口，彷彿若有光，便舍船，從口入。

初極狹，纔通人；復行數十步，豁然開朗。土地平曠，屋舍儼然。有良田、美池、桑、竹之屬，阡陌交通，雞犬相聞。其中往來種作，男女衣著，悉如外人；黃髮垂髫，並怡然自樂。見漁人，乃大驚，問所從來，具答之。便要還家，設酒、殺雞、作食。村中聞有此人，咸來問訊。自云：「先世避秦時亂，率妻子邑人來此絕境，不復出焉。遂與外人間隔。」問今是何世，乃不知有漢，無論魏、晉。此人一一為具言所聞，皆歎惋。餘人各復延至其家，皆出酒食。停數日，辭去。此中人語云：「不足為外人道也。」

既出，得其船，便扶向路，處處誌之。及郡下，詣太守，說如此。太守即遣人隨其往，尋向所誌，遂迷不復得路。南陽劉子驥，高尚士也，聞之，欣然規往。未果，尋病終。後遂無問津者。

世說新語選

《世說新語》劉義慶

1. 謝太傅寒雪日內集，與兒女講論文義。俄而雪驟，公欣然曰：「白雪紛紛何所似？」兄子胡兒曰：「撒鹽空中差可擬。」兄女曰：「未若柳絮因風起。」公大笑樂。

2. 支公好鶴，住剡東峁山。有人遺其雙鶴。少時翅長欲飛，支意惜之，乃鎩其翮。鶴軒翥不復能飛，乃反顧翅垂頭，視之如有懊喪意。林曰：「既有凌霄之姿，何肯為人作耳目近玩！」養令翮成，置使飛去。

3. 魏武嘗過曹娥碑下，楊修從。碑背上見題作「黃絹幼婦外孫齏臼」八字，魏武謂修曰：「卿解不？」答曰：「解。」魏武曰：「卿未可言，待我思之。」行三十里，魏武乃曰：「吾已得。」令修別記所知。修曰：「黃絹，色絲也，於字為『絕』；幼婦，少女也，於字為『妙』；外孫，女子也，於字為『好』；齏臼，受辛也，於字為『辤』；所謂『絕妙好辤』也。」魏武亦記之，與修同，乃歎曰：「我才不及卿，乃覺三十里。」

4.

王子猷居山陰，夜大雪，眠覺，開室，命酌酒。四望皎然，因起彷徨，詠左思招隱詩。忽憶戴安道，時戴在剡，即便夜乘小舟就之。經宿方至，造門不前而返。人問其故，王曰：「吾本乘興而行，興盡而返，何必見戴？」

春夜宴從弟桃花園序

李白

夫天地者，萬物之逆旅也。光陰者，百代之過客也。而浮生若夢，為歡幾何？古人秉燭夜游，良有以也。況陽春召我以煙景，大塊假我以文章。會桃花之芳園，序天倫之樂事。群季俊秀，皆為惠連；吾人詠歌，獨慚康樂。幽賞未已，高談轉清。開瓊筵以坐花，飛羽觴而醉月。不有佳作，何伸雅懷？如詩不成，罰依金谷酒數。

師說

韓愈

古之學者必有師。師者，所以傳道、受業、解惑也。人非生而知之者，孰能無惑？惑而不從師，其為惑也，終不解矣。

生乎吾前，其聞道也，固先乎吾，吾從而師之；生乎吾後，其聞道也，亦先乎吾，吾從而師之。吾師道也，夫庸知其年之先後生於吾乎？是故無貴、無賤、無長、無少，道之所存，師之所存也。

嗟乎！師道之不傳也久矣，欲人之無惑也難矣。古之聖人，其出人也遠矣，猶且從師而問焉；今之眾人，其下聖人也亦遠矣，而恥學於師。是故聖益聖，愚益愚。聖人之所以為聖，愚人之所以為愚，其皆出於此乎？

愛其子，擇師而教之，於其身也，則恥師焉，惑矣。彼童子之師，授之書而習其句讀者，非吾所謂傳其道、解其惑者也。句讀之不知，惑之不解，或師焉，或不焉，小學而大遺，吾未見其明也。巫醫、樂師、百工之人，不恥相師。士大夫之族曰師曰弟子云者，則群聚而笑之。問之，則曰：「彼與彼年相若也，道相似也。」位卑則足羞，官盛則近諛。嗚呼！師道之不復可知矣。巫醫、樂師、百工之人，君子不齒，今其智乃反不能及，其可怪也歟！

聖人無常師，孔子師郯子、萇弘、師襄、老聃。郯子之徒，其賢不及孔子。孔子曰：「三人行，則必有我師。」是故弟子不必不如師，師不必賢於弟子。聞道有先後，術業有專攻，如是而已。

李氏子蟠，年十七，好古文，六藝經傳皆通習之。不拘於時，請學於余。余嘉其能行古道，作師說以貽之。

始得西山宴遊記

《永州八記》柳宗元

自余為僇人，居是州，恆惴慄。其隙也，則施施而行，漫漫而遊。日與其徒上高山，入深林，窮迴谿。幽泉怪石，無遠不到。到則披草而坐，傾壺而醉。醉則更相枕以臥，臥而夢，意有所極，夢亦同趣。覺而起，起而歸。以為凡是州之山水有異態者，皆我有也，而未始知西山之怪特。

今年九月二十八日，因坐法華西亭，望西山，始指異之。遂命僕過湘江，緣染溪，斫榛莽，焚茅茷，窮山之高而止。攀援而登，箕踞而遨，則凡數州之土壤，皆在衽席之下。其高下之勢，岈然洼然，若垤若穴，尺寸千里，攢蹙累積，莫得遯隱；縈青繚白，外與天際，四望如一。然後知是山之特出，不與培塿為類。悠悠乎與灝氣俱，而莫得其涯；洋洋乎與造物者遊，而不知其所窮。

引觴滿酌，頹然就醉，不知日之入。蒼然暮色，自遠而至，至無所見，而猶不欲歸。心凝形釋，與萬化冥合。然後知吾嚮之未始遊，遊於是乎始，故為之文以志。

是歲，元和四年也。

虬髯客傳

《太平廣記》杜光庭

隋煬帝之幸江都也，命司空楊素守西京。素驕貴，又以時亂，天下之權重望崇者莫我若也，奢貴自奉，禮異人臣。每公卿入言，賓客上謁，未嘗不踞床而見。令美人捧出，侍婢羅列，頗僭於上。末年益甚。無復知所負荷，有扶危持顛之心。

一日，衛公李靖以布衣上謁，獻奇策，素亦踞見之。靖前揖曰：「天下方亂，英雄競起，公以帝室重臣，須以收羅豪傑為心，不宜踞見賓客。」素斂容而起，與語，大悅，收其策而退。

當靖之騁辯也，一妓有殊色，執紅拂，立於前，獨目靖。靖既去，而執拂者臨軒指吏問曰：「去者處士第幾？住何處？」吏具以對，妓誦而去。

靖歸逆旅，其夜五更初，忽聞叩門而聲低者，靖起問焉。乃紫衣戴帽人，杖揭一囊。靖問：「誰？」曰：「妾，楊家之紅拂妓也。」靖遽延入。脫衣去帽，乃十八、九佳麗人也。素面華衣而拜，靖驚答拜。曰：「妾侍楊司空久，閱天下之人多矣，無如公者。絲蘿非獨生，願託喬木，故來奔耳。」靖曰：「楊司空權重京師，如何？」曰：「彼屍居餘氣，不足畏也。諸妓知其無成，去者眾矣。彼亦不甚逐也。計之詳矣，幸無疑焉。」問其姓，曰：「張。」問伯仲之次，曰：「最長。」觀其肌膚、儀狀、言詞、氣性，真天人也。靖不自意獲之，愈喜愈懼，瞬息萬慮不安，而窺戶者無停屨。數日，亦聞追訪之聲，意亦非峻。乃雄服乘馬，排闥而去，將歸太原。

行次靈石旅舍，既設床，爐中烹肉且熟。張氏以髮長委地，立梳床前。靖方刷馬。忽有一人，中形，赤髯而虬，乘蹇驢而來，投革囊於爐前，取枕敧臥，看張梳頭。靖怒甚，未決，猶刷馬。張熟視其面，一手握髮，一手映身，搖示靖，令勿怒。急急梳頭畢，斂衽前問其姓。臥客答曰：「姓張。」對曰：「妾亦姓張，合是妹。」遽拜之。問：「第幾？」曰：「第三。」問：「妹第幾？」曰：「最長。」遂喜曰：「今日幸逢一妹。」張氏遙呼曰：「李郎且來見三兄！」靖驟拜之。遂環坐。曰：「煮者何肉？」曰：「羊肉，計已熟矣。」客曰：「飢甚！」靖出市胡餅。客抽腰間匕首切肉共食。食竟，餘肉亂切送驢前食之，甚速。客曰：「觀李郎之行，貧士也，何以致斯異人。」曰：「靖雖貧，亦有心者焉。他人見問固不言，兄之問，則無隱耳。」具言其由。曰：「然則將何之？」曰：「將避地太原耳。」曰：「然，吾故謂非君所能致也。」曰：「有酒乎？」曰：「主人西，則酒肆也。」靖取酒一斗。既巡，客曰：「吾有少下酒物，李郎能同之乎？」靖曰：「不敢。」於是開革囊，取一人頭并心肝，卻頭囊中，以匕首切心肝，共食之。曰：「此人天下負心者，銜之十年，今始獲之，吾憾釋矣。」又曰：「觀李郎儀形器宇，真丈夫也。亦知太原有異人乎？」曰：「嘗識一人，愚謂之真人也。其餘，將帥而已。」「何姓？」曰：「靖之同姓。」曰：「年幾？」曰：「僅二十。」曰：「今何為？」曰：「州將之子。」曰：「似矣，亦須見之，李郎能致吾一見乎？」

曰：「靖之友劉文靜者，與之狎，因文靜見之可也。然兄欲何為？」曰：「望氣者言，太原有奇氣，使吾訪之。李郎明發，何日到太原？」靖計之日，曰：「某日當到。」曰：「達之明日方曙，候我於汾陽橋。」言訖，乘驢而去。其行若飛，回顧已失。靖與張氏且驚且喜，久之，曰：「烈士不欺人，固無畏。」促鞭而行。

及期，入太原候之，相見大喜，偕詣劉氏，詐謂文靜曰：「有善相者，思見郎君，請迎之。」文靜素奇其人，一旦聞有客善相，遽致酒延焉。既而太宗至，不衫不履，裼裘而來，神氣揚揚，貌與常異。虬髯默居坐末，見之心死，飲數巡，起招靖曰：「真天子也。」靖以告劉，劉益喜，自負。既出，而虬髯曰：「吾得十八九矣。然須道兄見之。李郎宜與一妹復入京，某日午時，訪我於馬行東酒樓下。下有此驢及一瘦驢，即我與道兄俱在其上矣。到即登焉。」又別而去，公與張氏復應之。及期訪焉，即見二乘。攬衣登樓，虬髯與一道士方對飲，見靖驚喜，召坐圍飲。十數巡。曰：「樓下櫃中有錢十萬，擇一深隱處駐一妹，某日，復會我於汾陽橋。」

如期至，即道士與虬髯已到矣。俱謁文靜，時方弈棋，起揖而話心焉。文靜飛書迎文皇看棋。道士對弈，虬髯與靖旁侍焉。俄而文皇來，精采驚人，長揖而坐，神氣清朗，滿坐風生，顧盼煒如也。道士一見慘然，下棋子曰：「此局全輸矣！於此失卻局，奇哉！救無路矣！復奚言！」罷奕請去，既出，謂虬髯曰：「此世界非公世界也。他方可圖。勉之，勿以為念！」因共入京。虬髯曰：「計李郎之程，某日方到。到之明日，可與一妹同詣某坊曲小宅相訪。李郎相從，一妹懸然如磬，欲令新婦祗謁，兼議從容，無前卻也。」言畢，吁嗟而去。

靖策馬遄征，即到京，遂與張氏同往，乃一小板門，叩之，有應者，拜曰：「三郎令候李郎、一娘子久矣。」延入重門，門益壯麗，婢四十人羅列庭前。奴二十人引靖入東廳。廳之陳設，窮極珍異，巾箱、妝奩、冠、鏡、首飾之盛，非人間之物。巾櫛妝飾畢，請更衣，衣又珍奇。既畢，傳云：「三郎來！」乃虬髯紗帽裼裘而來，有龍虎之姿。相見歡然。催其妻出拜，蓋亦天人也。遂延中堂，陳設盤筵之盛，雖王公家不侔也。四人對饌訖，陳女樂二十人，列奏於前，似從天降，非人間之曲度，食畢，行酒。家人自堂東舁出二十床，各以錦繡帕覆之，既陳，盡去其帕，乃文簿鑰匙耳。虬髯謂曰：「此盡寶貨泉貝之數，吾之所有，悉以充贈。何者？某本欲於此世界求事，或當龍戰三、二十載，建少功業。今既有主，住亦何為？太原李氏，真英主也。三五年內，即當太平。李郎以奇特之才，輔清平之主，竭心盡善，必極人臣。一妹以天人之姿，蘊不世之藝，從夫之貴，榮極軒裳。非一妹不能識李郎，非李郎不能榮一妹。聖賢起陸之漸，際會如期。虎嘯風生，龍吟雲萃，固非偶然也。將余之贈，以佐真主，贊功業。勉之哉！此後十餘年，當東南數千里外有異事，是吾得志之秋也。一妹與李郎可瀝酒東南相賀。」因命家童列拜曰：「李郎、一妹，是汝主也。」言訖，與其妻從一奴戎裝乘馬而去；數步，遂不復見。

靖據其宅，乃為豪家，得以助文皇締構之資，遂匡天下。貞觀十年，靖位至左僕射平章事，適東南蠻入奏曰：「有海船千艘，甲兵十萬，入扶餘國，殺其主自立。國已定矣。」靖心知虬髯得事也，歸告張氏，具禮相賀，瀝酒東南祝拜之。乃知真人之興也，非英雄所冀，況非英雄者乎？人臣之謬思亂者，乃螳臂之拒走輪耳。我皇家垂福萬葉，豈虛然哉！或曰：「衛公之兵法，半是虬髯所傳也。」

阿房宮賦

杜牧

六王畢，四海一。蜀山兀，阿房出。覆壓三百餘里，隔離天日。驪山北構而西折，直走咸陽。二川溶溶，流入宮牆。五步一樓，十步一閣。廊腰縵迴，簷牙高啄。各抱地勢，鉤心鬥角。盤盤焉，囷囷焉，蜂房水渦，矗不知乎幾千萬落。長橋臥波，未雲何龍？複道行空，不霽何虹？高低冥迷，不知西東。歌臺暖響，春光融融。舞殿冷袖，風雨淒淒。一日之內，一宮之間，而氣候不齊。

妃嬪媵嬙，王子皇孫，辭樓下殿，輦來於秦。朝歌夜絃，為秦宮人。明星熒熒，開妝鏡也；綠雲擾擾，梳曉鬟也。渭流漲膩，棄脂水也；煙斜霧橫，焚椒蘭也。雷霆乍驚，宮車過也；轆轆遠聽，杳不知其所之也。一肌一容，盡態極妍。縵立遠視，而望幸焉，有不得見者三十六年。

燕、趙之收藏，韓、魏之經營，齊、楚之精英，幾世幾年，剽掠其人，倚疊如山。一旦不能有，輸來其間。鼎鐺玉石，金塊珠礫，棄擲邐迤。秦人視之，亦不甚惜。

嗟乎！一人之心，千萬人之心也。秦愛紛奢，人亦念其家。奈何取之盡錙銖，用之如泥沙！使負棟之柱，多於南畝之農夫；架梁之椽，多於機上之工女；釘頭磷磷，多於在庾之粟粒；瓦縫參差，多於周身之帛縷；直欄橫檻，多於九土之城郭；管絃嘔啞，多於市人之言語。使天下之人，不敢言而敢怒。獨夫之心，日益驕固。戍卒叫，函谷舉。楚人一炬，可憐焦土。

嗚呼！滅六國者，六國也，非秦也。族秦者，秦也，非天下也。嗟夫！使六國各愛其人，則足以拒秦。秦復愛六國之人，則遞三世可至萬世而為君，誰得而族滅也。秦人不暇自哀，而後人哀之。後人哀之，而不鑑之，亦使後人而復哀後人也。

岳陽樓記

范仲淹

慶曆四年春，滕子京謫守巴陵郡。越明年，政通人和，百廢具興，乃重修岳陽樓，增其舊制，刻唐賢今人詩賦於其上，屬予作文以記之。

予觀夫巴陵勝狀，在洞庭一湖。銜遠山，呑長江，浩浩湯湯，横無際涯；朝暉夕陰，氣象萬千。此則岳陽樓之大觀也，前人之述備矣。然則北通巫峽，南極瀟湘，遷客騷人，多會於此，覽物之情，得無異乎？

若夫霪雨霏霏，連月不開，陰風怒號，濁浪排空；日星隱耀，山岳潛形；商旅不行，檣傾楫摧；薄暮冥冥，虎嘯猿啼。登斯樓也，則有去國懷鄉，憂讒畏譏，滿目蕭然，感極而悲者矣。

至若春和景明，波瀾不驚，上下天光，一碧萬頃；沙鷗翔集，錦鱗游泳，岸芷汀蘭，郁郁青青。而或長煙一空，皓月千里，浮光躍金，靜影沉璧，漁歌互答，此樂何極！登斯樓也，則有心曠神怡，寵辱偕忘，把酒臨風，其喜洋洋者矣。

嗟夫！予嘗求古仁人之心，或異二者之為，何哉？不以物喜，不以己悲。居廟堂之高，則憂其民；處江湖之遠，則憂其君。是進亦憂，退亦憂，然則何時而樂耶？其必曰：「先天下之憂而憂，後天下之樂而樂」乎！噫！微斯人，吾誰與歸！
時六年九月十五日。

醉翁亭記

歐陽脩

環滁皆山也。其西南諸峰，林壑尤美。望之蔚然而深秀者，琅琊也。山行六、七里，漸聞水聲潺潺，而瀉出於兩峰之間者，釀泉也。峰回路轉，有亭翼然臨於泉上者，醉翁亭也。作亭者誰？山之僧智僊也。名之者誰？太守自謂也。太守與客來飲於此，飲少輒醉，而年又最高，故自號曰醉翁也。醉翁之意不在酒，在乎山水之間也。山水之樂，得之心而寓之酒也。

若夫日出而林霏開，雲歸而巖穴暝，晦明變化者，山間之朝暮也。野芳發而幽香，佳木秀而繁陰，風霜高潔，水落而石出者，山間之四時也。朝而往，暮而歸，四時之景不同，而樂亦無窮也。

至於負者歌於途，行者休於樹，前者呼，後者應，傴僂提攜，往來而不絕者，滁人遊也。臨溪而漁，溪深而魚肥；釀泉為酒，泉香而酒洌；山肴野蔌，雜然而前陳者，太守宴也。宴酣之樂，非絲非竹，射者中，弈者勝，觥籌交錯，起坐而喧嘩者，眾賓歡也。蒼顏白髮，頹然乎其間者，太守醉也。

已而夕陽在山，人影散亂，太守歸而賓客從也。樹林陰翳，鳴聲上下，遊人去而禽鳥樂也。

然而禽鳥知山林之樂，而不知人之樂；人知從太守遊而樂，而不知太守之樂其樂也。醉能同其樂，醒能述以文者，太守也。太守謂誰？廬陵歐陽脩也。

訓儉示康

司馬光

吾本寒家，世以清白相承。吾性不喜華靡，自為乳兒，長者加以金銀華美之服，輒羞赧棄去之。二十忝科名，聞喜宴獨不戴花。同年曰：「君賜不可違也。」乃簪一花。平生衣取蔽寒，食取充腹；亦不敢服垢弊以矯俗干名，但順吾性而已。

眾人皆以奢靡為榮，吾心獨以儉素為美。人皆嗤吾固陋，吾不以為病。應之曰：孔子稱「與其不遜也，寧固」；又曰「以約失之者，鮮矣」；又曰「士志於道，而恥惡衣惡食者，未足與議也。」古人以儉為美德，今人乃以儉相詬病。嘻，異哉！

近歲風俗尤為侈靡，走卒類士服，農夫躡絲履。吾記天聖中，先公為群牧判官，客至未嘗不置酒，或三行、五行，多不過七行。酒酤於市，果止於梨、栗、棗、柿之類，肴止於脯醢、菜羹，器用瓷漆。當時士大夫家皆然，人不相非也。會數而禮勤，物薄而情厚。近日士大夫家，酒非內法，果、肴非遠方珍異，食非多品，器皿非滿案，不敢會賓友。常數月營聚，然後敢發書。苟或不然，人爭非之，以為鄙吝。故不隨俗靡者蓋鮮矣。嗟乎！風俗頹敝如是，居位者雖不能禁，忍助之乎！

又聞昔李文靖公為相，治居第於封丘門內，廳事前僅容旋馬。或言其太隘，公笑曰：「居第當傳子孫，此為宰相廳事誠隘，為太祝、奉禮廳事已寬矣。」參政魯公為諫官，真宗遣使急召之，得於酒家。既入，問其所來，以實對。上曰：「卿為清望官，奈何飲於酒肆？」對曰：「臣家貧，客至無器皿、肴、果，故就酒家觴之。」上以無隱，益重之。張文節為相，自奉養如為河陽掌書記時，所親或規之曰：「公今受俸不少，而自奉若此。公雖自信清約，外人頗有公孫布被之譏。公宜少從眾。」公歎曰：「吾今日之俸，雖舉家錦衣玉食，何患不能？顧人之常情，由儉入奢易，由奢入儉難。吾今日之俸豈能常有？身豈能常存？一旦異於今日，家人習奢已久，不能頓儉，必致失所。豈若吾居位、去位、身存、身亡，常如一日乎？」嗚呼！大賢之深謀遠慮，豈庸人所及哉！

御孫曰：「儉，德之共也；侈，惡之大也。」共，同也；言有德者皆由儉來也。夫儉則寡欲，君子寡欲則不役於物，可以直道而行；小人寡欲則能謹身節用，遠罪豐家。故曰：「儉，德之共也。」侈則多欲，君子多欲則貪慕富貴，枉道速禍；小人多欲則多求妄用，敗家喪身。是以居官必賄，居鄉必盜。故曰：「侈，惡之大也。」

昔正考父饘粥以餬口，孟僖子知其後必有達人。季文子相三君，妾不衣帛，馬不食粟，君子以為忠。管仲鏤簋朱紘、山楶藻梲，孔子鄙其小器。公叔文子享衛靈公，史鰌知其及禍；及戍，果以富得罪出亡。何曾日食萬錢，至孫以驕溢傾家。石崇以奢靡誇人，卒以此死東市。近世寇萊公豪侈冠一時，然以功業大，人莫之非，子孫習其家風，今多窮困。

其餘以儉立名，以侈自敗者多矣，不可遍數，聊舉數人以訓汝。汝非徒身當服行，當以訓汝子孫，使知前輩之風俗云。

傷仲永

王安石

金谿民方仲永，世隸耕。仲永生五年，未嘗識書具，忽啼求之。父異焉，借旁近與之。即書詩四句，並自為其名。其詩以養父母、收族為意，傳一鄉秀才觀之。自是指物作詩立就，其文理皆有可觀者。邑人奇之，稍稍賓客其父，或以錢幣乞之。父利其然也，日扳仲永環謁於邑人，不使學。

予聞之也久。明道中，從先人還家，於舅家見之，十二三矣。令作詩，不能稱前時之聞。又七年，還自揚州，復到舅家，問焉，曰：「泯然眾人矣。」

王子曰：仲永之通悟受之天也。其受之天也，賢於材人遠矣；卒之為眾人，則其受於人者不至也。彼其受之天也，如此其賢也，不受之人，且為眾人。今夫不受之天，固眾人；又不受之人，得為眾人而已邪？

前赤壁賦

蘇軾

壬戌之秋，七月既望，蘇子與客泛舟遊於赤壁之下。清風徐來，水波不興。舉酒屬客，誦明月之詩，歌窈窕之章。少焉，月出於東山之上，徘徊於斗牛之間。白露橫江，水光接天。縱一葦之所如，凌萬頃之茫然。浩浩乎如馮虛御風，而不知其所止；飄飄乎如遺世獨立，羽化而登仙。

於是飲酒樂甚，扣舷而歌之。歌曰：「桂棹兮蘭槳，擊空明兮泝流光。渺渺兮予懷，望美人兮天一方。」客有吹洞簫者，倚歌而和之，其聲嗚嗚然，如怨如慕，如泣如訴；餘音嫋嫋，不絕如縷；舞幽壑之潛蛟，泣孤舟之嫠婦。

蘇子愀然，正襟危坐，而問客曰：「何為其然也？」客曰：「『月明星稀，烏鵲南飛』，此非曹孟德之詩乎？西望夏口，東望武昌，山川相繆，鬱乎蒼蒼，此非孟德之困於周郎者乎？方其破荊州，下江陵，順流而東也，舳艫千里，旌旗蔽空，釃酒臨江，橫槊賦詩，固一世之雄也，而今安在哉？況吾與子，漁樵於江渚之上，侶魚蝦而友麋鹿，駕一葉之扁舟，舉匏樽以相屬；寄蜉蝣於天地，渺滄海之一粟。哀吾生之須臾，羨長江之無窮；挾飛仙以遨遊，抱明月而長終；

知不可乎驟得，託遺響於悲風。」

蘇子曰：「客亦知夫水與月乎？逝者如斯，而未嘗往也；盈虛者如彼，而卒莫消長也。蓋將自其變者而觀之，則天地曾不能一瞬；自其不變者而觀之，則物於我皆無盡也。而又何羨乎？且夫天地之間，物各有主，苟非吾之所有，雖一毫而莫取。惟江上之清風，與山間之明月，耳得之而為聲，目遇之而成色。取之無禁，用之不竭，是造物者之無盡藏也，而吾與子之所共適。」

客喜而笑，洗盞更酌，肴核既盡，杯盤狼藉。相與枕藉乎舟中，不知東方之既白。

上樞密韓太尉書

蘇轍

太尉執事：轍生好為文，思之至深。以為文者氣之所形，然文不可以學而能，氣可以養而致。孟子曰：「我善養吾浩然之氣。」今觀其文章，寬厚宏博，充乎天地之間，稱其氣之小大。太史公行天下，周覽四海名山大川，與燕、趙間豪俊交游，故其文疏蕩，頗有奇氣。此二子者，豈嘗執筆學為如此之文哉？其氣充乎其中而溢乎其貌，動乎其言而見乎其文，而不自知也。

轍生十有九年矣。其居家所與游者，不過其鄰里鄉黨之人。所見不過數百里之間，無高山大野可登覽以自廣。百氏之書，雖無所不讀，然皆古人之陳迹，不足以激發其志氣。恐遂汨沒，故決然捨去，求天下奇聞壯觀，以知天地之廣大。

過秦漢之故都，恣觀終南、嵩、華之高，北顧黃河之奔流，慨然想見古之豪傑。至京師，仰觀天子宮闕之壯，與倉廩府庫、城池苑囿之富且大也，而後知天下之巨麗。見翰林歐陽公，聽其議論之宏辯，觀其容貌之秀偉，與其門人賢士大夫遊，而後知天下之文章聚乎此也。

太尉以才略冠天下，天下之所恃以無憂，四夷之所憚以不敢發。入則周公、召公，出則方叔、召虎，而轍也未之見焉。且夫人之學也，不志其大，雖多而何為？轍之來也，於山見終南、嵩、華之高，於水見黃河之大且深，於人見歐陽公，而猶以為未見太尉也！故願得觀賢人之光耀，聞一言以自壯，然後可以盡天下之大觀而無憾者矣。

轍年少，未能通習吏事。嚮之來，非有取於斗升之祿。偶然得之，非其所樂。然幸得賜歸待選，使得優游數年之間，將歸益治其文，且學為政。太尉苟以為可教而辱教之，又幸矣。

金石錄後序

李清照

右《金石錄》三十卷者何？趙侯德父所著書也。取上自三代，下迄五季，鐘、鼎、甗、鬲、盤、匜、尊、敦之款識；豐碑、大碣，顯人、晦士之事蹟，凡見於金石刻者二千卷，皆是正訛謬，去取褒貶，上足以合聖人之道，下足以訂史氏之失者，皆載之，可謂多矣。

嗚呼！自王播、元載之禍，書畫與胡椒無異；長輿、元凱之病，錢癖與《傳》癖何殊？名雖不同，其惑一也。

余建中辛巳，始歸趙氏。時先君作禮部員外郎，丞相作吏部侍郎，侯年二十一，在太學作學生。趙、李族寒，素貧儉，每朔望謁告出，質衣，取半千錢，步入相國寺，市碑文、果實歸，相對展玩咀嚼，自謂葛天氏之民也。後二年，出仕宦，便有飯蔬衣綀，窮遐方絕域，盡天下古文奇字之志。日就月將，漸益堆積。丞相居政府，親舊或在館閣，多有亡詩、逸史，魯壁、汲塚所未見之書，遂盡力傳寫，浸覺有味，不能自已。後或見古今名人書畫，一代奇器，亦復脫衣市易。嘗記崇寧間，有人持徐熙《牡丹圖》，求錢二十萬。當時雖貴家子弟，求二十萬錢，豈易得耶？留信宿，計無所出而還之，夫婦相向惋悵者數日。

後屏居鄉里十年，仰取俯拾，衣食有餘。連守兩郡，竭其俸入，以事鉛槧。每獲一書，即同共勘校，整集簽題。得書、畫、彝、鼎，亦摩玩舒卷，指摘疵病，夜盡一燭為率。故能紙札精緻，字畫完整，冠諸收書家。余性偶強記，每飯罷，坐歸來堂烹茶，指堆積書史，言某事在某書某卷第幾頁第幾行，以中否角勝負，為飲茶先後。中即舉杯大笑，至茶傾覆懷中，反不得飲而起。甘心老是鄉矣！故雖處憂患困窮而志不屈。收書既成，歸來堂起書庫大櫥，簿甲乙，置書冊。如要講讀，即請鑰上簿，關出卷帙。或少損污，必懲責揩完塗改，不復向時之坦夷也。是欲求適意而反取憀慄。余性不耐，始謀食去重肉，衣去重采，首無明珠翡翠之飾，室無塗金刺繡之具。遇書史百家，字不刓闕，本不訛謬者，輒市之，儲作副本。自來家傳《周易》、《左氏傳》，故兩家者流，文字最備。於是几案羅列，枕席枕藉，意會心謀，目往神授，樂在聲色狗馬之上。

至靖康丙午歲，侯守淄川。聞金人犯京師，四顧茫然，盈箱溢篋，且戀戀，且悵悵，知其必不為己物矣！建炎丁未春三月，奔太夫人喪南來，既長物不能盡載，乃先去書之重大印本者，又去畫之多幅者，又去古器之無款識者；後又去書之監本者，畫之平常者，器之重大者。凡屢減去，尚載書十五車。至東海，連艫渡淮，又渡江，至建康。青州故第，尚鎖書冊什物，用屋十餘間，期明年春再具舟載之。十二月，金人陷青州，凡所謂十餘屋者，已皆為煨燼矣。

建炎戊申秋九月，侯起復，知建康府。己酉春三月罷，具舟上蕪湖，入姑孰，將卜居贛水上。夏五月，至池陽，被旨知湖州，過闕上殿，遂駐家池陽，獨赴召。六月十三日，始負擔舍舟，坐岸上，葛衣岸巾，精神如虎，目光爛爛射人，望舟中告別。余意甚惡，呼曰：「如傳聞城中緩急，奈何？」戟手遙應曰：「從眾。必不得已，先去輜重，次衣被，次書冊卷軸，次古器，獨所謂宗器者，可自負抱，與身俱存亡，勿忘之。」遂馳馬去。途中奔馳，冒大暑，感疾。至行在，病痁。七月末，書報臥病。余驚怛，念侯性素急，奈何病痁，或熱，必服寒藥，疾可憂。遂解舟下，一日夜行三百里。比至，果大服柴胡、黃芩藥，瘧且痢，病危在膏肓。余悲泣，倉皇不忍問後事。八月十八日，遂不起。取筆作詩，絕筆而終，殊無分香賣屨之意。

葬畢，余無所之。朝廷已分遣六宮，又傳江當禁渡。時猶有書二萬卷，金石刻二千卷，器皿、茵褥可待百客，他長物稱是。余又大病，僅存喘息。事勢日迫，念侯有妹婿任兵部侍郎，從衛在洪州，遂遣二故吏先部送行李往投之。冬十二月，金人陷洪州，遂盡委棄。所謂連艫渡江之書，又散為雲煙矣。獨餘少輕小卷軸、書帖，寫本李、杜、韓、柳集，《世說》、《鹽鐵論》，漢、唐石刻副本數十軸，三代鼎鼐十數事，南唐寫本書數篋，偶病中把玩，搬在臥內者，巋然獨存。

上江既不可往，又虜勢叵測，有弟迒，任敕局刪定官，遂往依之。到台，台守已遁。之剡，出睦，又棄衣被，走黃岩，雇舟入海，奔行朝。時駐蹕章安，從御舟海道之溫，又之越。庚戌十二月，放散百官，遂之衢。紹興辛亥春三月，復赴越。壬子，又赴杭。

先侯疾亟時，有張飛卿學士，攜玉壺過視侯，便攜去，其實珉也。不知何人傳道，遂妄言有頒金之語，或傳亦有密論列者。余大惶怖，不敢言，遂盡將家中所有銅器等物，欲赴外廷投進。到越，已移幸四明。不敢留家中，並寫本書寄剡。後官軍收叛卒，取去，聞盡入故李將軍家。所謂巋然獨存者，無慮十去五六矣。惟有書、畫、硯、墨可五、七簏，更不忍置他所，常在臥榻下，手自開闔。在會稽，卜居土民鍾氏舍。忽一夕，穴壁負五簏去。余悲慟不已，重立賞收贖。後二日，鄰人鍾復皓出十八軸求賞，故知其盜不遠矣。萬計求之，其餘遂牢不可出。今知盡為吳說運使賤價得之。所謂巋然獨存者，乃十去其七八。所有一二殘零不成部帙書冊，三數種平平書帖，猶復愛惜如護頭目，何愚也邪！

今日忽閱此書，如見故人。因憶侯在東萊靜治堂，裝卷初就，芸簽縹帶，束十卷作一帙。每日晚吏散，輒校勘二卷，跋題一卷。此二千卷，有題跋者五百二卷耳。今手澤如新，而墓木已拱，悲夫！

昔蕭繹江陵陷沒，不惜國亡而毀裂書畫；楊廣江都傾覆，不悲身死而復取圖書。豈人性之所著，死生不能忘之歟？或者天意以余菲薄，不足以享此尤物耶？抑亦死者有知，猶斤斤愛惜，不肯留在人間耶？何得之艱而失之易也！

嗚呼！余自少陸機作賦之二年，至過蘧瑗知非之兩歲，三十四年之間，憂患得失，何其多也！然有有必有無，有聚必有散，乃理之常。人亡弓，人得之，又胡足道？所以區區記其終始者，亦欲為後世好古博雅者之戒云。

紹興二年玄黓歲壯月朔甲寅，易安室題。

郁離子選

劉基

1. 工之僑為琴

工之僑得良桐焉，斲而為琴，弦而鼓之，金聲而玉應，自以為天下之美也。獻之太常。使國工視之，曰：「弗古。」還之。

工之僑以歸，謀諸漆工，作斷紋焉；又謀諸篆工，作古窾焉；匣而埋諸土。朞年出之，抱以適市。貴人過而視之，易之以百金，獻諸朝。樂官傳視，皆曰：「希世之珍也。」

工之僑聞之，嘆曰：「悲哉，世也！豈獨一琴哉？莫不然矣。而不早圖之，其與亡矣！」遂去，入于宕冥之山，不知其所終。

2. 狙公

楚有養狙以為生者，楚人謂之狙公。旦日必部分眾狙於庭，使老狙率以之山中，求草木之實，賦什一以自奉。或不給，則加鞭箠焉。群狙皆畏苦之，弗敢違也。一日，有小狙謂眾狙曰：「山之果，公所樹與？」曰：「否也，天生也。」曰：「非公不得而取與？」曰：「否也，皆得而取也。」曰：「然則吾何假於彼而為之役乎？」言未既，眾狙皆寤。其夕，相與伺狙公之寢，破柵毀柙，取其積，相攜而入於林中，不復歸。狙公卒餒而死。

郁離子曰：「世有以術使民而無道揆者，其如狙公乎？為其昏而未覺也，一旦有開之，其術窮矣！」

指喻

方孝孺

浦陽鄭君仲辨，其容闐然，其色渥然，其氣充然，未嘗有疾也。他日，左手之拇有疹焉，隆起而粟。君疑之，以示人，人大笑，以為不足患。既三日，聚而如錢，憂之滋甚，又以示人，笑者如初。又三日，拇之大盈握，近拇之指皆為之痛，若剟刺狀，肢體心膂無不病者。懼而謀諸醫，醫視之，驚曰：「此疾之奇者，雖病在指，其實一身病也。不速治，且能傷生。然始發之時，終日可愈；三日，越旬可愈；今疾且成已，非三月不能瘳。終日而愈，艾可治也；越旬而愈，藥可治也；至於既成，甚將延乎肝膈，否亦將為一臂之憂。非有以禦其內，其勢不止；非有以治其外，疾未易為也。」君從其言，日服湯劑，而傅以善藥。果至二月而後瘳，三月而神色始復。

余因是思之：天下之事，常發於至微，而終為大患；始以為不足治，而終至於不可為。當其易也，惜旦夕之力，忽之而不顧；及其既成也，積歲月，疲思慮，而僅克之，如此指者多矣。蓋眾人之所可知者，眾人之所能治也，其勢雖危而未足深畏。惟萌於不必憂之地，而寓於不可見之初，眾人笑而忽之者，此則君子之所深畏也。

昔之天下，有如君之盛壯無疾者乎？愛天下者，有如君之愛身者乎？而可以為天下患者，豈特瘡痏之於指乎？君未嘗敢忽之，特以不早謀於醫，而幾至於甚病。況乎視之以至疎之勢，重之以疲敝之餘，吏之戕摩剝削以速其疾者亦甚矣！幸其未發，以為無虞而不知畏，此真可謂智也與哉？

余賤，不敢謀國，而君慮周行果，非久於布衣者也。《傳》不云乎：「三折肱而成良醫。」君誠有位於時，則宜以拇病為戒。

項脊軒志

歸有光

項脊軒，舊南閣子也。室僅方丈，可容一人居。百年老屋，塵泥滲漉，雨澤下注，每移案顧視，無可置者。又北向，不能得日，日過午已昏。余稍為修葺，使不上漏。前闢四窗，垣牆周庭，以當南日。日影反照，室始洞然。又雜植蘭桂竹木於庭，舊時欄楯，亦遂增勝。借書滿架，偃仰嘯歌，冥然兀坐，萬籟有聲。而庭階寂寂，小鳥時來啄食，人至不去。三五之夜，明月半牆，桂影斑駁，風移影動，珊珊可愛。

然余居於此，多可喜，亦多可悲。先是，庭中通南北為一，迨諸父異爨，內外多置小門牆，往往而是。東犬西吠，客踰庖而宴，雞棲於廳。庭中始為籬，已為牆，凡再變矣。家有老嫗，嘗居於此。嫗，先大母婢也，乳二世，先妣撫之甚厚。室西連於中閨，先妣嘗一至。嫗每謂余曰：「某所，而母立於茲。」嫗又曰：「汝姊在吾懷，呱呱而泣。娘以指扣門扉曰：『兒寒乎？欲食乎？』吾從板外相為應答。」語未畢，余泣，嫗亦泣。余自束髮讀書軒中，一日，大母過余曰：「吾兒，久不見若影，何竟日默默在此，大類女郎也？」比去，以手闔門，自語曰：「吾家讀書久不效，兒之成，則可待乎！」頃之，持一象笏至，曰：「此吾祖太常公宣德間執此以朝，他日汝當用之。」瞻顧遺跡，如在昨日，令人長號不自禁。

軒東故嘗為廚，人往，從軒前過。余扃牖而居，久之，能以足音辨人。軒凡四遭火，得不焚，殆有神護者。

項脊生曰：蜀清守丹穴，利甲天下，其後秦皇帝築女懷清臺。劉玄德與曹操爭天下，諸葛孔明起隴中。方二人之昧昧於一隅也，世何足以知之？余區區處敗屋中，方揚眉瞬目，謂有奇景。人知之者，其謂與埳井之蛙何異？

余既為此志，後五年，吾妻來歸，時至軒中，從余問古事，或憑几學書。吾妻歸寧，述諸小妹語曰：「聞姊家有閤子，且何謂閤子也？」其後六年，吾妻死，室壞不修。其後二年，余久臥病無聊，乃使人復葺南閤子，其制稍異於前。然自後余多在外，不常居。

庭有枇杷樹，吾妻死之年所手植也。今已亭亭如蓋矣。

晚遊六橋待月記

袁宏道

西湖最盛，為春為月。一日之盛，為朝煙，為夕嵐。今歲春雪甚盛，梅花為寒所勒，與杏桃相次開發，尤為奇觀。石簣數為余言：「傅金吾園中梅，張功甫玉照堂故物也，急往觀之。」余時為桃花所戀，竟不忍去湖上。由斷橋至蘇堤一帶，綠煙紅霧，彌漫二十餘里。歌吹為風，粉汗為雨，羅紈之盛，多於堤畔之草，艷冶極矣。

然杭人遊湖，止午、未、申三時。其實湖光染翠之工，山嵐設色之妙，皆在朝日始出，夕春未下，始極其濃媚。月景尤不可言，花態柳情，山容水意，別是一種趣味。此樂留與山僧遊客受用，安可為俗士道哉！

原君

黃宗羲

有生之初，人各自私也，人各自利也。天下有公利而莫或興之，有公害而莫或除之。有人者出，不以一己之利為利，而使天下受其利，不以一己之害為害，而使天下釋其害。此其人之勤勞必千萬於天下之人。夫以千萬倍之勤勞，而己又不享其利，必非天下之人情所欲居也。故古之人君，量而不欲入者，許由、務光是也；入而又去之者，堯、舜是也；初不欲入而不得去者，禹是也。豈古之人有所異哉？好逸惡勞，亦猶夫人之情也。

後之為人君者不然，以為天下利害之權皆出於我，我以天下之利盡歸於己，以天下之害盡歸於人，亦無不可。使天下之人不敢自私，不敢自利，以我之大私為天下之大公。始而慚焉，久而安焉，視天下為莫大之產業，傳之子孫，受享無窮。漢高帝所謂「某業所就，孰與仲多」者，其逐利之情，不覺溢之於辭矣。

此無他，古者以天下為主，君為客，凡君之所畢世而經營者，為天下也；今也以君為主，天下為客，凡天下之無地而得安寧者，為君也。是以其未得之也，屠毒天下之肝腦，離散天下之子女，以博我一人之產業，曾不慘然。曰：「我固為子孫創業也」。其既得之也，敲剝天下之骨髓，離散天下之子女，以奉我一人之淫樂，視為當然。曰：「此我產業之花息也」。然則為天下之大害者，君而已矣。向使無君，人各得自私也，人各得自利也。嗚呼，豈設君之道固如是乎？

古者天下之人愛戴其君，比之如父，擬之如天，誠不為過也。今也天下之人怨惡其君，視之如寇讎，名之為獨夫，固其所也。而小儒規規焉，以君臣之義無所逃於天地之間，至桀、紂之暴，猶謂湯、武不當誅之，而妄傳伯夷、叔齊無稽之事。使兆人萬姓崩潰之血肉，曾不異夫腐鼠。豈天地之大，於兆人萬姓之中，獨私其一人一姓乎？是故武王聖人也，孟子之言，聖人之言也。後世之君，欲以如父如天之空名，禁人之窺伺者，皆不便於其言，至廢孟子而不立，非導源於小儒乎！

雖然，使後之為君者，果能保此產業，傳之無窮，亦無怪乎其私之也。既以產業視之，人之欲得產業，誰不如我？攝緘縢，固扃鐍，一人之智力不能勝天下欲得之者之眾。遠者數世，近者及身，其血肉之崩潰在其子孫矣。

昔人願「世世無生帝王家」，而毅宗之語公主，亦曰：「若何為生我家！」痛哉斯言！回思創業時，其欲得天下之心，有不廢然摧沮者乎！

是故明乎為君之職分，則唐、虞之世，人人能讓，許由、務光非絕塵也；不明乎為君之職分，則市井之間，人人可欲，許由、務光所以曠後世而不聞也。然君之職分難明，以俄頃淫樂不易無窮之悲，雖愚者亦明之矣。

廉恥

顧炎武

五代史馮道傳論曰：「『禮、義、廉、恥，國之四維；四維不張，國乃滅亡。』善乎管生之能言也！禮、義，治人之大法；廉、恥，立人之大節。蓋不廉則無所不取，不恥則無所不為。人而如此，則禍敗亂亡，亦無所不至。況為大臣而無所不取，無所不為，則天下其有不亂，國家其有不亡者乎？」

然而四者之中，恥尤為要，故夫子之論士曰：「行己有恥。」孟子曰：「人不可以無恥。無恥之恥，無恥矣。」又曰：「恥之於人大矣！為機變之巧者，無所用恥焉。」所以然者，人之不廉而至於悖禮犯義，其原皆生於無恥也。故士大夫之無恥，是謂國恥。

吾觀三代以下，世衰道微，棄禮義，捐廉恥，非一朝一夕之故。然而松柏後凋於歲寒，雞鳴不已於風雨，彼眾昏之日，固未嘗無獨醒之人也。

頃讀顏氏家訓，有云：「齊朝一士夫，嘗謂吾曰：『我有一兒，年已十七，頗曉書疏。教其鮮卑語及彈琵琶，稍欲通解，以此伏事公卿，無不寵愛。』吾時俯而不答。異哉，此人之教子也！若由此業，自致卿相，亦不願汝曹為之！」嗟呼！之推不得已而仕於亂世，猶為此言，尚有小宛詩人之意；彼閹然媚於世者，能無愧哉！

左忠毅公逸事

方苞

先君子嘗言，鄉先輩左忠毅公視學京畿。一日，風雪嚴寒，從數騎出，微行，入古寺。廡下一生伏案臥，文方成草。公閱畢，即解貂覆生，為掩戶，叩之寺僧，則史公可法也。及試，吏呼名，至史公，公瞿然注視。呈卷，即面署第一。召入，使拜夫人，曰：「吾諸兒碌碌，他日繼吾志事，惟此生耳。」

及左公下廠獄，史朝夕窺獄門外。逆閹防伺甚嚴，雖家僕不得近。久之，聞左公被炮烙，旦夕且死，持五十金，涕泣謀於禁卒，卒感焉！一日，使史公更敝衣草屨，背筐，手長鑱，為除不潔者，引入，微指左公處，則席地倚牆而坐，面額焦爛不可辨，左膝以下，筋骨盡脫矣。史前跪，抱公膝而嗚咽。公辨其聲，而目不可開，乃奮臂以指撥眥，目光如炬。怒曰：「庸奴！此何地也，而汝來前！國家之事，糜爛至此，老夫已矣，汝復輕身而昧大義，天下事誰可支拄者？不速去，無俟姦人構陷，吾今即撲殺汝。」因摸地上刑械，作投擊勢。史噤不敢發聲，趨而出。後常流涕述其事以語人曰：「吾師肺肝，皆鐵石所鑄造也！」

崇禎末，流賊張獻忠出沒蘄、黃、潛、桐間，史公以鳳廬道奉檄守禦。每有警，輒數月不就寢，使將士更休，而自坐幄幕外，擇健卒十人，令二人蹲踞，而背倚之，漏鼓移，則番代。

每寒夜起立，振衣裳，甲上冰霜迸落，鏗然有聲。或勸以少休，公曰：「吾上恐負朝廷，下恐愧吾師也。」

史公治兵，往來桐城，必躬造左公第，候太公、太母起居，拜夫人於堂上。

余宗老塗山，左公甥也，與先君子善，謂獄中語乃親得之於史公云。

病梅館記

龔自珍

江寧之龍蟠，蘇州之鄧尉，杭州之西谿，皆產梅。或曰：梅以曲為美，直則無姿；以欹為美，正則無景；梅以疏為美，密則無態。固也。此文人畫士，心知其意，未可明詔大號，以繩天下之梅也；又不可以使天下之民，斫直，刪密，鋤正，以殀梅、病梅為業以求錢也。梅之欹、之疏、之曲，又非蠢蠢求錢之民，能以其智力為也。有以文人畫士孤癖之隱，明告鬻梅者，斫其正，養其旁條；刪其密，夭其稚枝；鋤其直，遏其生氣，以求重價，而江、浙之梅皆病。文人畫士之禍之烈至此哉！

予購三百盆，皆病者，無一完者。既泣之三日，乃誓療之、縱之、順之，毀其盆，悉埋於地，解其棕縛。以五年為期，必復之全之。予本非文人畫士，甘受詬厲，闢病梅之館以貯之。

嗚呼！安得使予多暇日，又多閒田，以廣貯江寧、杭州、蘇州之病梅，窮予生之光陰以療梅也哉？

與元微之書

白居易

四月十日夜，樂天白：

微之，微之，不見足下面已三年矣；不得足下書欲二年矣。人生幾何，離闊如此！況以膠漆之心，置於胡越之身，進不得相合，退不能相忘，牽攣乖隔，各欲白首。微之，微之，如何！如何！天實為之，謂之奈何！

僕初到潯陽時，有熊孺登來，得足下前年病甚時一札，上報疾狀，次敘病心，終論平生交分。且云：「危惙之際，不暇及他，惟收數帙文章，封題其上，曰：『他日送達白二十二郎，便請以代書。』」悲哉！微之於我也，其若是乎！又睹所寄聞僕左降詩，云：「殘燈無焰影幢幢，此夕聞君謫九江。垂死病中驚坐起，暗風吹雨入寒窗。」此句他人尚不可聞，況僕心哉！至今每吟，猶惻惻耳。且置是事，略敘近懷。

僕自到九江，已涉三載，形骸且健，方寸甚安。下至家人，幸皆無恙。長兄去夏自徐州至，又有諸院孤小弟妹六、七人，提挈同來。昔所牽念者，今悉置在目前，得同寒暖飢飽：此一泰也。

江州風候稍涼，地少瘴癘，乃至虵虺蚊蚋，雖有甚稀。湓魚頗肥，江酒極美，其餘食物，多類北地。僕門內之口雖不少，司馬之俸雖不多，量入儉用，亦可自給，身衣口食，且免求人：此二泰也。

僕去年秋始遊廬山，到東、西二林間香爐峰下，見雲水泉石，勝絕第一，愛不能捨，因置草堂。前有喬松十數株，修竹千餘竿；青蘿為牆垣，白石為橋道；流水周於舍下，飛泉落於簷間；紅榴白蓮，羅生池砌；大抵若是，不能殫記。每一獨往，動彌旬日，平生所好者，盡在其中，不惟忘歸，可以終老：此三泰也。

計足下久不得僕書，必加憂望；今故錄三泰，以先奉報。其餘事況，條寫如後云云。

微之，微之，作此書夜，正在草堂中，山窗下，信手把筆，隨意亂書，封題之時，不覺欲曙。舉頭但見山僧一、兩人，或坐或睡；又聞山猿谷鳥，哀鳴啾啾。平生故人，去我萬里。瞥然塵念，此際蹔生。餘習所牽，便成三韻云：

「憶昔封書與君夜，金鑾殿後欲明天。今夜封書在何處？廬山庵裡曉燈前。籠鳥檻猿俱未死，人間相見是何年？」

微之，微之！此夕此心，君知之乎！樂天頓首。

那些有你的風景
——讀〈與元微之書〉（代後記）

凌性傑

冬季陽光傾斜照耀，人行道旁烤地瓜攤位上煙霧繚繞，香氣顯得細膩悠緩。沿路的櫻花樹葉片落盡，唯有枝幹兀然挺立。冷清蕭瑟的風景裡，我跟幾個同伴約了在奈良隨意行走遊逛。之前有些朋友看到我的行程表頗為疑惑：怎麼會安排在奈良連續住上五晚？大多數遊客認為，來奈良頂多玩兩天就很足夠了。對我來說，那實在是不夠的。一般的團體旅遊規畫，不外乎跟鹿群近距離接觸，加上東大寺、春日大社匆匆拜觀，很少有團體會選擇在奈良過夜。我特別喜歡遊人散去的黃昏與夜晚，奈良市區街廓空蕩蕩的，被餵食得過飽的鹿慵懶坐臥。

因為在奈良住宿的天數較多，沒有非去不可的地方，沒有非做不可的事，夥伴們都有共識，當下舒服愉快就是最好的行程。我們往往走沒幾步路就停下來，恣意撫摸冬天長了新毛的鹿。傳說中奈良公園裡的鹿是神的使者，一直受到當地居民的照顧與保護。看到一則新聞，奈良公園鹿群擁有獨特的基因型，是其他地區鹿群所沒有的。千年以來，牠們在這個小小區塊生活、繁衍，始終維持這份獨特，這或許跟長期被保護有關。我一直覺得牠們眼神乾淨清澈，是我最坦率爽朗的朋友。看到牠們，總會想起幾位提早前往另一個世界的友人。

某一年來春日大社看夜間點燈，走在參道上恰好與一頭鹿四目交接。默默對望了一陣子，當下有點恍神，不知道這頭溫柔小鹿究竟要對我傳遞什麼訊息。回過神來隱約覺得自己閃著淚光，眼前變得有些模糊。大概只有在這裡，人跟鹿的關係可以如此親近，此城因緣至為殊勝，關鍵在於推動現代化進程也一併設想了鹿的生存問題。比如說，開車的人除了要遵守交通規則，還要留意鹿群的出沒，對鹿造成傷害是有罰則的。偌大的公園找不到垃圾桶，是要防止貪吃的鹿誤食人類的垃圾。公共廁所入口設置一道拉門，也是怕鹿會誤闖。因為有了鹿，奈良人的習慣以及思維漸漸變成現在這個樣子。

說來奇怪，人這種動物雖然常常同類相殘，但只要多讀一些人類關懷其他物種的故事，就會讓我感到安心。

沿著東大寺旁的小路往上走一小段，就是半山腰的二月堂。從二月堂門前平台，可以俯瞰奈良。平原上屋舍儼然，視線所及最遠的地方有一片低山，山巒與大片藍天相接，這是晴朗無雲的日子。藝人鈴木亮平拍攝一系列奈良宣傳海報，有一張形象照就是在二月堂取景。每年三月一日起的前兩週（從前是在陰曆二月），固定舉行「修二會」儀式，因此名為二月堂。天平勝寶四年（西元七五二年），實忠和尚（東大寺開山良弁僧正的高足）創設此一儀式，法會儀式傳承將近一千三百年，年復一年未曾中斷。人類為時間命名，留下刻痕，其中有奧祕有偏執癡迷。正因如此，傳統若是曾經中斷那就可惜了。只要中斷一次，即是記憶的缺損。

二月堂祀奉的本尊為十一面觀音，修二會法事的正式名稱是「十一面悔過」。修行的僧人被稱作練行眾，他們代替所有人，為世人犯下的各種過錯舉行懺悔儀式，祈求國運興隆、五穀豐登、人們可以獲得幸福。在這裡抽到一支大吉籤，大概暗示自己正在被整個世界祝福吧。

臉書動態回顧常跳出寒暑假期間的旅遊紀錄，一格一格的畫面藏有往日足跡，也藏有曾經一起共享賞心樂事良辰好景的人。二〇二〇年二月一日晚上，與高中時期文藝營的朋友伊蓮娜約好在奈良碰面，想要找一家居酒屋好好吃飯喝酒，聊聊各自的近況。她住宿奈良，我則是在南邊的大和八木，於是選擇位於中間的大和西大寺車站相會。我在網路搜尋了評論，發現一家位於國見小路的居酒屋，店家提供割烹料理以及當地的清酒。入店之後，我實在弄不懂日文菜單，於是指著網路評論照片跟老闆娘說這個那個都來一份，就這樣點了十幾道菜。

餐桌矮而且小，很快便佈滿酒食。我跟伊蓮娜靠得很近，就像十八歲的夏天初遇那樣。我把兩位碩士班學弟介紹給她認識，新朋友可以很快地交心，也是一種緣分。二〇二〇年開端，世紀大疫迅速散開，我們卻絲毫沒有察覺亦全無防備，世界即將陡然改變，往後三年的日子一步一步都艱難。隔離，封閉，禁絕，這些概念像夢魘一般撲擊了我們，這才發現自己身為一個人該有的苟且都有了。親愛的人有的生離，有的死別，而櫻花依舊照常開放。彼時舉起杯盞互祝安好，天真地預期，春天來看櫻花，夏天要去北海道看薰衣草。誰也不知道，那一年的機票訂了之後全部都得取消。習以為常的快樂被沒收，我們的幸福變得粗糙而猥瑣。

聚餐結束，與伊蓮娜一起逛大和西大寺車站裡的藥妝店。一月底二月初，日本民眾已經開始搶買口罩與消毒清潔用品。我們一行人何其幸運，在奈良一起買口罩，作為這次重逢的紀念。

時隔三年再次跨越國境，二〇二三年冬日，兩位新朋友加入奈良旅遊行程，五人餐敘安排在大和西大寺同一家割烹居酒屋。滑動手機，把舊日動態召喚出來，出示給老闆娘，告訴她三年前同一天我來這裡吃飯喝酒。老闆娘直說謝謝，我的固定遊伴布里奇聽了這番對話差點掉下眼淚。三年過去，我們都成了怎樣的人？

與前一次不同，這回五個人被拆成兩桌入座。點了吉野地酒「花巴」，兩桌朋友隔空敬酒祝賀，互道此生愉快。此生愉快，是我們這次行程最常說的吉祥話，喝酒時必備。

隔桌坐著一對奈良夫妻，看我們隔空敬酒似乎有點滑稽，大輔先生對我投以疑惑的眼神，我趕緊舉杯向他致意，對著大輔和他的妻子美加解釋，三年前同一天我們吃飯時位子正是他們那桌。這時他們露出不好意思的神情，一再致歉要把桌子讓給我。我尷尬極了，直說千萬不要，頻頻舉杯表示這樣已經很開心了。很開心認識奈良當地的朋友，有這份運氣一起吃飯，真像日本人說的那樣，一期一會。有點感慨地說起，若不是疫情，這三年之間來奈良的次數應該會超過五次。太久沒來了，我很珍惜路途中遇見的一切。

我這麼相信，相遇時彼此珍惜，對往後的日子才能有期待。

多虧有手機即時翻譯軟體，我跟大輔、美加夫婦分享了日劇《初戀》和《舞伎家的料理人》劇照、鈴木亮平的海報、奈良今日町街景、吉野山金峰山寺藏王堂御朱印，告訴他們這些戲劇、圖像的神奇魔力。某些畫面一閃即逝，可是它們停駐在內心深處，宛如一顆沒有名字的種子。時間澆灌它們，記憶的沃土滋養它們，直到奇妙的機遇出現，花就開好了。

第二瓶花巴上桌，多要了兩個酒盞，分享給大輔夫婦。酒精讓人放鬆，容易亢奮，交談的音量越來越大，跟喜悅的強度同步。

大輔夫婦年紀略長於我，女兒二十三歲，在東京當導遊。美加跟我一樣，從事教職，喜歡是枝裕和的電影。因為聊起鄧麗君、歐陽菲菲，我告訴美加，鄧麗君如果還在人世，二〇二三年就滿七十歲了，美加不可置信地哇了一聲。那是跨越國界的共同回憶，四十二歲的鄧麗君永遠不會老去，永遠不必再經歷任何滄桑變化。只要哼起熟悉的旋律，鄧麗君就會出現於腦海，跟浮空投影虛擬人像沒什麼兩樣。酒酣耳熱之際，我忍不住在席間唱歌，那首歌只能是〈我只在乎你〉：「任時光匆匆流去我只在乎你，心甘情願感染你的氣息。人生幾何能夠得到知己，失去生命的力量也不可惜。所以我求求你別讓我離開你，除了你我不能感到一絲絲情意。」音樂裡有太多心事，可以不用明說的部分早已隨著音符跳躍起來。

酒肴已盡，歡聚到了尾聲。交換了通訊方式，鄭重邀請大輔夫婦到臺灣旅遊，希望有緣再聚。跟老闆娘結帳時才知道，三萬日圓左右的餐費，原來大輔先生搶先幫我們買單了。太不好意思了，我們說。大輔熱情直接，要我們別掛懷，他很高興能夠一起吃飯。

告別的時刻，大輔夫婦站在餐廳門口，目送我們離開國見小路。

人生多離別，或者該這麼說，離別才是人生的常態。電影《大約在冬季》提到「相聚是奢華」，我真心感謝偶然相逢凝聚而成的諸多奢華。這部電影為觀眾提問，死別與生離哪一種比較容易？馬思純飾演的女主角安然說：「總有一天你會明白，所有的死別都好過生離。」死別的一次性悲傷需要慢慢消化，生離之後的怨懟或牽念往往又拖又磨似乎看不到盡頭。對我來說，兩者其實都不容易。

摯友YI在二〇二一年夏日驟然離世，他正當盛年，此事誠難逆料。明知道無常往往如此迅猛，歲壽實乃天定，卻還是難以自我開解。驚愕，怖懼，疑惑，沮喪，好長一段時間不易收拾情緒。接連幾年，失去幾位至為珍貴的人，不禁對自己感慨中年好累。照顧好自己，更加清爽體面地活下去，是我唯一可以報答他們的方式。我也可以用專屬於自己的態度來想念他們，把一起經歷的時光折疊收攏，儲存在心裡最安全的角落。一起喝過的酒，一起走過的路，一起看過的風景，都成為一瞬的永恆。奈良重遊，所有美好事物都藏有他們的身影。

我在，他們就在。他們的精神持續與我相往來，像是不曾離去。

從奈良博物館看完佛像文物出來，一隻鹿站在我面前，我高舉雙手讓牠知道沒有食物可以給牠。我懂牠的意思，牠也懂我的意思，這樣就很好了。雙腿疲憊之際，我很需要去一家以鹿為名的手沖咖啡館，喝上一杯層次豐富的黑咖啡。

想起並不很久以前，YI的眼神是鹿的眼神。如果在奈良，有鹿與我對望，我都覺得那是YI在以目示意。

關於友情，白居易和元稹（微之）知心深交，是我最喜歡的那種狀態。因為彼此往來的情分，來自雙方的心靈深度。白居易〈與元微之書〉這封信，是一個受苦的靈魂在慰藉另一個受苦的靈魂。擁有一個理想的交談對象，是多麼奢侈的際遇。一直有話可說的情感關係，實在強求不來，而我深深嚮往。

白居易（西元七七二—八四六年），字樂天，號香山居士。宰相武元衡被刺殺，白居易上表請求嚴查追緝兇手，因而得罪權貴，被貶為江州司馬。正是在江州時期，他寫出生平最動人的詩文。他主張「文章合為時而著，歌詩合為事而作」，倡導新樂府運動，強調文學的社會功能。白居易和元稹交好，相互唱和，並稱元白，亦和劉禹錫並稱劉白，有《白氏長慶集》傳世。

白居易與元稹經常通宵暢談，一起喝酒寫詩。他們的作品風格相似，我常常難以辨認作品的著作權究竟是哪一位的。YI還在的時候，我們曾經幫對方整理文字作品。檔案夾混雜太多文件，某些篇章忘了署名，我跟YI同時發出疑問：這篇到底是誰寫的啊？然後開對方玩笑，寫得比較好的都是我的。

唐憲宗元和十年（西元八一五年）三月，元稹被貶為通州司馬。同年八月，白居易貶為江州司馬。〈與元微之書〉寫於元和十二年（西元八一七年），白居易四十六歲。這是白居易江州司馬任內的第三個年頭。司馬隸屬於刺史，並沒有實權，中唐朝廷常用這個職務來安置貶官。有志於發展政治才華的白居易，遭遇生平重挫，居處在偏僻的貶謫地。他的抑鬱苦悶，可想而知。江州時期的〈琵琶行〉，敘寫琵琶女淪落飄零的身世，寄託詩人「同是天涯淪落人」的悲哀。寫信給元微之，當然更是感慨萬千。

〈與元微之書〉一開頭就切切呼喚元微之，兩人暌違三年，白居易沒接到元稹的信也已將近兩年了。古代遠距離通訊不易，連互道安好都是奢侈。白居易無奈地說，人生幾何，竟然要如此離闊。這一切都是老天的安排吧。他剛到潯陽時，熊孺登來拜訪，一併幫忙帶來元稹病重時寫給他的信。元稹信上說道：「在我病危的時候，沒有時間顧及其他事情，只收集幾篇文章，把它們封好，在上面題字：日後送給白居易（二十二郎），就拿這些文稿來代替書信。」那段時間，元稹聽聞白居易被貶官有感而發，作了一首詩：「殘燈無焰影幢幢，此夕聞君謫九江。垂死病中驚坐起，闇風吹雨入寒窗。」詩中元稹自身處境堪憂，有如風中殘燭，仍一心記掛被貶謫的好友，這大概只有義氣之交能夠做到。

白居易為了不讓好友擔心，接著在信裡奉報江州三泰（三件安泰開心的好事）。第一泰是家人團聚於此，免於分離。第二泰是生活自足，身衣口食不用求人。第三泰是興建廬山草堂，享受山水自然景觀。三泰交代完畢，白居易告訴微之，寫這封信的夜晚，人正在草堂裡，靠山的窗下，拿起筆隨意亂寫，寫完要封緘題字時，不知不覺天色就要亮了。這樣的夜晚，有這樣的心情——

舉頭但見山僧一、兩人，或坐或睡。又聞山猿谷鳥，哀鳴啾啾。平生故人，去我萬里。瞥然塵念，此際蹔生。餘習所牽，便成三韻云：「憶昔封書與君夜，金鑾殿後欲明天。今夜封書在何處？廬山庵裡曉燈前。籠鳥檻猿俱未死，人間相見是何年？」

簡單的情境，承載簡單的心事，一切都是默契使然。跟有默契的人說話，不用太費力。聽有默契的人說話，點到為止就夠了。白居易的詩，號稱老嫗能解，大多可以不用翻譯就能明白。通俗淺白的詩，有時更貼近現實生活的真貌，畢竟大多數人都是在尋常狀態裡謀生度日。

知道有人可以想念是一件好事，所以我獨處時很喜歡這樣的心情。二〇一五年夏去江西廬山，沿路有趙老師相伴。廬山登山步道相當陡峭，幾疊瀑布高懸，水氣橫生，空氣清甜。趙老師腳步輕盈，很快走完全程。隔年夏天，我在京都旅途得知趙老師猝逝家中，一時之間神智恍惚，腦子裡滿是水霧蒸騰，覺得這個世界實在難以繼續相信。

我問自己，可以相信的事，怎麼越來越少了？或者，還可以相信些什麼？那年在廬山的寺院，我跟趙老師說，要帶她去京都散步的。趙老師大去之後，幾次重讀白居易寫廬山景致，有一種感覺，趙老師就在我身邊伴讀。

白居易跟元稹以詩交心，〈與元微之書〉這封信的結尾寫得淒涼，有如猿鳥哀鳴之聲。那首送給元稹的詩是這麼說的：「回憶以前寫信給你的夜晚，是在金鑾殿後，天快亮了。今夜在哪裡寫信呢？是在廬山庵裡，清晨的燈前。想想彼此的命運，我倆就像籠中之鳥、檻中之猿，雖然都還留下一條命還沒死，但被貶遭困不自由的我們，想要在人世間相見，到底會是在哪一年啊？」每個人的生涯數算，餘命還有多少，都是不好說的。好好的相聚，好好的告別，那就好像把歡笑跟眼淚串成花圈。

白居易說，想念的人遠在他方，人間相見難以預期，愛別離苦的滋味，大概是這樣。或許他們都想過，對方到底出了什麼事？怎麼音訊全無？想念的人是否遭遇不測？太多的臆測，使得想念籠罩陰霾。活著有活著的牽腸掛肚，想念有時相當優雅，有時卻是無比暴力。

不過，擁有可以惦記想念的朋友，總比沒有要來得好。知道自己有這樣的朋友，即使對方不在身邊，友情的支持就會存在，也會有力量。生者如此，逝者亦然。

生活出現某些難題時，我直覺會想要問問，另一個世界的YI會怎麼回答。換成是他，又會怎麼處理？YI真的已經永遠消失了嗎？我有時這麼想。

人類對滅絕充滿畏怖，既有的時間意識提醒人們生命有盡，大限的同義詞可能是悲哀與虛無。最傷心的一段時間，一行禪師給了我安慰：「生與死都只是概念，它們並不是真實的。就因為我們當真了，所以才製造出強而有力的幻覺，進而導致了我們的苦難。」然而，風不會死，水不會死，雲不會死，萬事萬物跟自然連結為一體的時候不會死。有形的、無形的，生命與生命相互依存，一切並非孤立存在。

YI告訴過我，生命幻化的那一瞬，他想要變成風、變成海，變成還沒被發現的星辰。太初有道，要有光就有光。我是我自己的光。我欣然接收這份信念，寫入個人生命履歷之中，變得比較無畏，也比較坦蕩。

乘車離開奈良的時候，風景不斷往後退，我想告訴YI，那不是只有我看見的風景，風景中有你，那些水流雲影小鹿自由奔跑，都是有你的風景。我在心裡說了謝謝，也說了再見。

二〇二三年春，誌於台北。

本書各篇章作者

凌性傑撰寫之篇章

多麼美好的世界——讀〈大同與小康〉
給一個解釋——讀〈勸學〉
你被什麼說服——讀〈諫逐客書〉
問號之後——讀〈漁父〉
什麼是靠得住的？——讀〈過秦論〉
約定——讀〈答夫秦嘉書〉
給春天一個解釋——讀〈蘭亭集序〉
他們是這樣說的——讀《世說新語》

酒後的心聲——讀〈醉翁亭記〉
資優神話的破滅——讀〈傷仲永〉
月亮代表我的心——讀〈赤壁賦〉
政治是一種高明的騙術？——讀《郁離子》
世界病時——讀〈指喻〉
所有事物的房間——讀〈項脊軒志〉
發現——讀〈晚遊六橋待月記〉
對權力說真話——讀〈原君〉
身為一個人——讀〈廉恥〉
那些有你的風景——讀〈與元微之書〉

吳岱穎撰寫之篇章

機關算盡——讀〈燭之武退秦師〉
討債祕技一〇一——讀〈馮諼客孟嘗君〉
誰來晚餐——讀〈鴻門宴〉
不能遺忘的遠方——讀〈登樓賦〉
與我同行——讀〈典論·論文〉
難言之隱——讀〈出師表〉
桃花源頭一座山——讀〈桃花源記〉
為春天寫一首歌——讀〈春夜宴從弟桃花園序〉
站在高崗上——讀〈師說〉
悶——讀〈始得西山宴遊記〉
往上看、往下看——讀〈虬髯客傳〉
洞——讀〈阿房宮賦〉

國家圖書館出版品預行編目資料

找一個解釋：穿越時空的36則古文之旅，關於愛的選擇、人生境遇與對世界的詰問/凌性傑、吳岱穎著. – 初版. -- 臺北市：麥田出版：英屬蓋曼群島商家庭傳媒股份有限公司城邦分公司發行, 2023.03
面； 公分. -- (中文好行；15)

ISBN 978-626-310-378-8((平裝)

863.55 111020729

中文好行 15

找一個解釋

穿越時空的36則古文之旅，關於愛的選擇、人生境遇與對世界的詰問

作　　者　凌性傑　吳岱穎
責任編輯　陳淑怡

版　　權　吳玲緯
行　　銷　闕志勳　吳宇軒　陳欣岑
業　　務　李再星　陳紫晴　陳美燕　葉晉源
副總編輯　林秀梅
編輯總監　劉麗真
總 經 理　陳逸瑛
發 行 人　凃玉雲

出　　版　麥田出版
104台北市民生東路二段141號5樓
電話：(886)2-2500-7696　傳真：(886)2-2500-1967
發　　行　英屬蓋曼群島商家庭傳媒股份有限公司城邦分公司
104台北市民生東路二段141號11樓
書虫客服服務專線：(886)2-2500-7718、2500-7719
24小時傳真服務：(886)2-2500-1990、2500-1991
服務時間：週一至週五09:30-12:00・13:30-17:00
郵撥帳號：19863813　戶名：書虫股份有限公司
讀者服務信箱E-mail：service@readingclub.com.tw
麥田部落格：http://ryefield.pixnet.net/blog
麥田出版Facebook：https://www.facebook.com/RyeField.Cite/
香港發行所　城邦（香港）出版集團有限公司
香港灣仔駱克道193號東超商業中心1樓
電話：(852) 2508-6231　傳真：(852) 2578-9337
馬新發行所　城邦（馬新）出版集團【Cite(M) Sdn. Bhd.】
41, Jalan Radin Anum, Bandar Baru Sri Petaling,
57000 Kuala Lumpur, Malaysia.
電話：(603)9056-3833　傳真：(603)9057-6622
E-mail：cite@cite.com.my

設　　計　莊謹銘
電腦排版　宸遠彩藝
印　　刷　沐春行銷創意有限公司

初版一刷　2023年03月

定價／400元
ISBN：9786263103788
9786263103818（EPUB）

城邦讀書花園
www.cite.com.tw